DIAS NUBLADOS

CAPA E PROJETO GRÁFICO FREDE TIZZOT

FOTO DA CAPA NEGO MIRANDA

EDITOR THIAGO TIZZOT

© 2015, LUIZ FELIPE LEPREVOST
© 2015, EDITORA ARTE & LETRA

L599D   LEPREVOST, LUIZ FELIPE
DIAS NUBLADOS / LUIZ FELIPE LEPREVOST. – ARTE &
LETRA, 2015.

112 P.

ISBN 978-85-60499-74-8

1. LITERATURA BRASILEIRA. 2. ROMANCE. I. TÍTULO

CDD B869

ARTE & LETRA EDITORA

Alameda Presidente Taunay, 130b. Batel
Curitiba - PR - Brasil / CEP: 80420-180
Fone: (41) 3223-5302
www.arteeletra.com.br - contato@arteeletra.com.br

LUIZ FELIPE LEPREVOST

DIAS NUBLADOS

CURITIBA
2015

"É verdade que se caminha muitas vezes em sonho, o ar se torna escuro de casas e usinas, veem-se bondes passando, e sob os pés molhados pelo capim de repente há calçamento. Conheço apenas a cidade de minha infância, devo ter visto a outra, mas sem poder acreditar. Tudo o que digo se anula, não terei dito nada. Era só fome?"

SAMUEL BECKETT

quando as cintilações do fim de tarde não
têm mais como segurar o que resta de luz
e já não há nitidez mas a sensação de que
as coisas são imprecisas e difusas, é em vão
na temperatura buscar qualquer conforto.
feito esta terra que maltrata, o apartamento
é um freezer. ele conhece bem o frio que
herdou, o frio é seu ancestral. nas camadas
mais profundas da memória, seus antepassados ainda estão lá, enregelados. não
acende a luz, o tempo piora com o cair da
tarde. larga a caixa da pizza sobre a mesa
de toalha florida. despe-se da japona, tira
os tênis ficando só de meias. mora no oitavo andar e nunca sabe se é o começo de
uma noite difícil. sua rotina, sempre voltar
trazendo comida qualquer e o avental sujo
na mochila. depois, ficar distraindo a insônia até o corpo não aguentar mais e desabar
exausto. lá de fora chegam um fio quase
inaudível do canto de uma ave e as buzinas
dos ônibus da cidade já tingida pelo escuro
céu sem nuvem, salpicado de estrelas, para
onde se erguem os pinheiros e os prédios

pisco, esfrego o rosto como acordasse de um enterro, os olhos estão tampados, a cabeça pesa, preciso espremê-la como a uma esponja com água suja retida. nem sei se acordo. o coração é um vaso rústico arrebentado pelas raízes que não se contentam com o espaço restrito. os meteorologistas não dão uma dentro, deve estar uns três graus centígrados, é muito cedo e a geada já desceu inteira. me ponho em pé, vou mijar, lavo o rosto, escovo os dentes, volto, olho as horas no celular, estou atrasado, não tomo banho, tiro algumas roupas velhas do armário, começo a vesti-las e imediatamente já vão reencarnando em mim. calço os tênis, me embrulho com a japona e já estou chamando o elevador, nem sinal, venho pelo corredor, as luzes automáticas não acendem, procuro o interruptor e não encontro. no escuro, desço as escadas do edifício, mínimos barulhos, banheiro, cozinha, choro de criança, cachorro, vindos dos apartamentos acordando. oito andares, o joelho não ajuda. no térreo, com sua mesma papada de baiacu e olhos pequenininhos, o síndico conferencia com o porteiro magro e alto, ou ele tirou o bigode ou nunca o vi antes. próximo deles, baixo a cabeça no intuito de ficar invisível ao passar, ambos me dão bom dia, respondo com um resmungo mais ou menos audível. diviso a fronteira entre a portaria e a praça bem na frente do prédio. a manhã avança veloz, abrimos ainda mais os olhos diante das obrigações. é dia, mas os olhos abertos não passam de lanternas procurando na escuridão. ganho a rua, o sol já aparece no azul do céu. nenhum táxi no ponto. não tenho pressa, noctâmbulo, faço meu trajeto, passo pela Boca do Brilho, nada de clientes, eu estou de tênis, os poucos engraxates conversam numa rodinha, fumam. entro no café ao lado, peço uma média, a atendente dorme em pé, me serve dormindo. não como nada, nunca tenho fome logo que acordo. na manhã, pouca coisa me parece familiar. pego um, dois, três guardanapos e limpo a boca. nasci nesta cidade, nunca morei em outro lugar, mas sinto como se nunca estivesse estado aqui antes. tiro da carteira uma nota de cinco e pago o café. o gordo do caixa me devolve moedas de troco. saio, alguns passos e a Praça Osório está às minhas costas. fico melancólico nessa época do ano. a umidade cobre a lata dos carros estacionados em frente da Boca Maldita – este lugar é uma espécie de clube da terceira idade, mas sem mensalidade e carteirinha. talvez seja ainda algo como um Senado, um Senadinho em que os frequentadores, músicos, comerciantes, juristas, jornalistas, em sua maioria aposentados, discutem política, futebol, sexo, contam piada. na sua maioria, homens que já não servem à vida prática da cidade, mas discursam como se ainda sim. o frio, o mofo não me deixam lembrar direito. um único dia de sol e tudo estará cegado novamente. vejo as pessoas irem e virem, e as coisas que se fazem para ocupar o lugar das que se desfazem. o tempo passa e nem sei o que amadurece. no que me tornei melhor? se envelhecemos amargurados, uma a uma destruiremos todas as coisas que um dia amamos. é preciso abandonar e ir em frente, ou a maneira mais ineficientemente tola de abjurar o passado seja insistir na evitação daquilo que a vida não nos fará esquecer sem que sejamos esquecidos. vim crescendo, a neblina e a geada se infiltrando na pele, no coração só superfície, sem fundo. não há nitidez, nada é uma certeza. nem bem me dou conta, o inverno dentro dos tímpanos. sou mais cansado que um velho. passo as mãos pelo rosto, cabelo. a cidade me traga. todo novo dia aponta na direção do desconhecido. não se pode reter para sempre os instantes. que passem. esquecer talvez seja o jeito humano de guardar. lama que não admite modelação, somos atravessados. a vida aconte-ce conforme o errar se sucede, não como preferimos. perambulo, zumbi no centro. é sexta, os odores da ma-nhã. vejo jovens advogados, empresários, engenheiros acompanhados de seus pais prestes a se aposentar. pais também advogados, empresários, engenheiros. entram nos bancos, em lojas de aparelhos eletrônicos, lancho-netes, farmácias, prédios de escritórios. venho pela XV. cegos com bengala, homens de terno, hippies sem co-res, jovens com bicicletas, mulheres de salto alto, es-curos óculos, velhos com e sem chapéu, rapazes violão nas costas, cabeludos, carecas, magros, negros, gordos, punks, crianças sem a companhia de adultos, palhaços, músicos, estátuas que se mexem, deficientes físicos. o inverno desfilando gorros e pulôveres. todos passam, nenhuma história posso ler em suas faces, tiques de lá-bios e sobrancelhas. passam. e depois nem mesmo os rostos. são grupos, são casais flutuando no estômago da cidade. o petit pavê, o basalto escuro, a calcárea branca, formam estilizadas imagens de pinha no calçadão

e a imagem de uma longínqua manhã de sábado com meu pai me trazendo pela mão: vamos entrar aqui, comprar um sapato para você. meu primeiro par de couro. tenho oito/nove anos. Boca Maldita. como sempre, os obsoletos Cavaleiros da Boca discutem as notícias da semana e o prefeito discursa idiossincrasias no palanque sem charme, improvisado. homens públicos jamais servirão de boia. meu pai conhece o engraxate. ele esfrega com ritmo o escuro dos próximos passos que darei na vida. a cadeira do engraxate, uma ilha no mar de transeuntes e ambulantes. meu pai paga e me leva dali. noto que, com medo que alguém venha a se machucar, arrancam os dentes afiados do monumento símbolo da Boca, banguela boca. venho pelo caminho para cegos que cruza a rua ao meio. passo pelo Bondinho, pelo Bar Triângulo. ainda há coberturas roxas de acrílico protegendo da chuva e do sol quem senta para um chope com fritas. espero o fluxo de carros, o sinal para pedestres abre, atravesso a Dr. Muricy. seguindo o caminho dos cegos, contorno o chafariz, Galeria Ritz à direita. carros carros carros, atravesso a Marechal Floriano, hordas de mendigos, cobertores, odores de mijo, merda, suor, amanhecem nas marquises, garis espetam, agarram as folhas da fieira de árvores misturadas a pacotes de sal-

gadinhos e latas de refrigerante, jogados ao chão e nos re-
dondos canteiros com flores, elas também roxas, as flores.
chego na esquina da Monsenhor Celso, não passa carro
nesta rua. leio a placa: segurança monitorada por câme-
ras. mais em frente a Confeitaria das Famílias, onde na
manhã de meu primeiro sapato de couro eu e meu pai
paramos para o frapê e a bomba de creme. foi na semana
de sua abismada frustração, quando ele está sendo obrigado a vender setenta por cento do terreno da chácara,
pois a fábrica de móveis está prestes a falir e o pai não sabe
mais de onde tirar dinheiro para sanar as dívidas. os novos
vizinhos demoram, mas chegam, é um condomínio, um
dos primeiros do bairro, hoje infestado deles. até então
basicamente dedicada à agricultura, a colônia começa a ser
engolida, os terrenos vão sendo vendidos e loteados, ou
divididos pelas próprias famílias. o muro que separa nossa
parcela da propriedade da outra é tão alto que jamais sequer conheci alguém que morasse naquelas casas. quando
o condomínio fica pronto, eu já tenho por volta de dezessete anos. na época, meu pai, cansado, chama Tadeu e diz
a ele que será promovido, precisa de alguém de confiança
ao seu lado no administrativo da firma. Tadeu então sai da
oficina e vai para o escritório. em menos de quinze anos, se
não faz triplicar os lucros da Marcenaria Brennelli, é capaz
de fazê-la sobreviver bem. atravesso a XV contra o vento.
de quem descendo não tento fugir, mas nem mesmo sei se
tenho saudades dos familiares. aos poucos foram saindo de
cena, expulsos da vida para dentro da terra. será assim com

tudo. nos Natais vendemos leitões encomendados e as galinhas que ajudam o longo ano. galinhas que ciscam aqui e ali, sem dar para o fato de que engordam para cumprir sua fatalidade de destino para além do galinheiro, junto da polenta. e os leitões logo abatidos. penso na morte. penso na morte e logo me chega a imagem de um velho que ao sol deixa escorregar lentamente de suas pernas uma manta. conforme a manta escorrega, o entardecer na direção da noite vem se colocando em pé. sim, tenho-os comigo, escuto-os tagarelar, o hálito alegre da fala, é sobre nada e também sobre a evidência de eu estar vivo a cada passo, a cada vez que encho os alvéolos com o ar gelado da manhã. tão cedo e a multidão toma a XV, chega por todos os lados, os transeuntes atravessam-se uns aos outros. quem, como eu, tanto andou por esta rua antes desta rua ser rua? nunca posso terminar de atravessar meu lugar abre a janela, por ela entra o vento carregado de mortos errantes. entra a noite que congela e quebra os pés dos que tentam fugir. a noite dos casacos que nunca mais deixarão de ser a outra camada de pele sobre a pele. a noite das noites que não voltam mais e das noites para as quais estamos eternamente retornando – elas nunca coincidem umas com as outras. são excessivamente noite estas noites em que os mortos andam no cérebro dos vivos. entra a noite e esta noite existe para este homem que ela agora abraça. no ar, o cheiro do frio. e neste ar, criado agora mesmo, tudo é diverso de ontem, embora totalmente conhecido por ele. faz muito frio e não só por isso no céu estão entediados anjos da guarda.

viro à esquerda na Monsenhor Celso vendo a mim
e a meu pai saindo da Confeitaria das Famílias, guarda-
chuva aberto, a graxa preta nos meus pés exalando o sabor
das longas distâncias, voltando para o carro estacionado
a algumas quadras, pisando os paralelepípedos encharcados. subo a Monsenhor em meio ao intenso odor de
mijo. na esquina um carro de polícia, gigante vaga-lume
piscando vermelho na manhã. Chego a Praça Tiradentes:
bom dia, Benjamin Constant, Botelho de Magalhães, bom
dia, Tiradentes, Floriano, bom dia, Getúlio Vargas. escuros homens pomposos salpicados de branco pela bosta das
pombas. Curitiba foi fundada aqui nesta praça. não olho
nenhuma das estátuas nos olhos. não aprendi a dizer a verdade flagrada pelos olhos dos outros, fitando-os como me
ensinou meu pai. nem sempre os olhos são o melhor lugar
para a verdade. assim como sucede aos oceanos, a verdade
independe da cor e profundidade da água. não sei se creio
menos em olhos radiantes de alegria que nos que pedem
afogamento. cresci rude feito este pinheiro plantado na
praça há mais de setenta anos durante a Festa da Árvore.
pinheiro, pinheiro que os braços dos homens de outras
épocas mais a foice, o machado e o fogo, extensões de sua
ambição, fadigam-se para derrubar. a isso seguem-se as
queimadas, as araucárias estalando qual uma orquestra de
dor. no fim, cinzas, que esplêndido e arrogante espetáculo,
o domínio do homem em relação às florestas. olho para
o alto onde estão suspensas as copas verde amarronzadas,
espectros enormes e seculares. no corpo do pinheiro, rijo

animal, ecoam golpes de machado e serras. sobre o tapete de tom verde-castanho do pinhal, do chão, catam os pinhões mais graúdos, fazem um amontoado de sapé, galhos secos da própria árvore, e esparramam os pinhões dentro do monte de ramos, ateiam fogo e, quando já queimaram, tiram-nos das cinzas e comem. em seguida, apalpam o tronco e o atacam com golpes violentos. e o forte aroma de resina exala. eles não se lançaram para cima, para o alto, sempre para lá, eles não ganharam estas nervuras permanecendo anos e anos e estações e séculos em pé, para bandos virem abatê-los. e é o que fazem com método e dedicação. contorno o espaço gradeado onde o chão de vidro expõe o antigo calçamento da cidade de outrora, quando Curitiba ainda era uma aldeia. mais à frente, o Monumento à República com o seu *Libertas quae sera tamen*. e estou nos pés da Catedral, avanço pelo lado esquerdo da igreja, há tapumes de metal com pichações, contorno todo o perímetro do templo, que deve estar em reforma. a manhã não para, nem eu. do outro lado, o inferno, sete horas e o bar dançante Kaipim ainda agitado, com seus zumbis recendendo a sexo, mastigando cocaína no café da manhã. o fedor de mijo que vem do beco nos fundos da Catedral empesteia o ar. desço a escadaria, atravesso a galeria, um cartaz propagandeia a peça que está passando no TUC. em cima da minha cabeça o movimento de ônibus e automóveis é intenso. subo os degraus, meu joelho reclama, saio do subsolo no Largo da Ordem, contorno o canteiro e estou nos pontos de ônibus. espero, cercado pelos murais em azulejo do Poty Lazzarotto: as charretes, suas casas com lambrequins. de algum lugar vem se aproximando uma gigantesca e espessa nuvem sem nervuras, única mancha na manhã azul. o céu não está nem aí para o insuportável sofrimento humano. o frio no pescoço, ergo a gola, ajeito o cachecol. poderia ter cortado caminho, vindo por outras ruas, mas faço este percurso para evitar subidas, o meu joelho. o ônibus amarelo chega, embarco. ele percorre as ruas, chega na Manoel Ribas, prédio da Telepar, Igreja dos Capuchinhos. posso ver a minha cara refletida no vidro, somos onde podemos nos enxergar, de um modo ou de outro. e o mau hálito da manhã se confunde com o meu. à medida que avança na direção do bairro, a Universidade do Meio Ambiente, o pretensamente portentoso Portal de Santa Felicidade. algo na paisagem já mudou, com o Parque Barigui ao lado esquerdo e áreas de vegetação um pouco mais preservadas. então, lojas e mais lojas de móveis desfilam pelo caminho. o ônibus chega ao restaurante Cascatinha, depois já está passando pela frente do Madalosso. posso até ter pressa, mas sei que não me ultrapassarei. em certa altura a vida congestiona feito um nariz constipado. mais algumas quadras, o ônibus vira à direita e então chegamos ao terminal. somos dezenas desembarcando de dezenas de ônibus atravesso a rua com a insistente frase da nonna: Santa Felicidade é perto, os outros lugares é que são longe. e aqui está ela, bem antes da minha existência, acordando com o sol, lenço na cabeça, enchendo a carroça com lenha, verduras, frutas, legumes, milho, batata. com mais uma dúzia de mulheres, segue para a cidade. vão juntas para se prevenirem dos encalhes na subida do Barigui, para estarem lado a lado se alguma for dar à luz a uma criança que prematuramente queira vir a esse mundo, como a minha mãe talvez quase nascendo numa carroça que chacoalha sobre as pedras pretas das ruas próximas do centro. de casa em casa, sorriem para os fregueses de caderno: tutti buona gente. a nonna... sim, agora já está à luz do abajur remendando nossos pulôveres com agulhas enormes e coloridas que a gente usa para brincar de esgrima, ignorando tia Ruth nos repreender do perigo de um furar o olho do outro. o nonno, deitado no sofá, a cabeça descansando sobre a almofada encardida. dorme fundo num poço com águas pretas e paradas. sequer respira. e só agora, tantos anos depois de sua morte, me aproximo devagar e o olho bem. não estou espantado, nem sinto nada. sombras descem nas janelas qual venezianas que ao se fecharem vem acompanhadas da voz da nonna: vá vestir um agasalho que o sereno... mas não, não hoje, não aqui. nem mesmo posso crer em espíritos, vejo as coisas inanimadas. antes as madeiras dos assoalhos do passado gritassem algum tumulto, mas estão eternamente estanques. nem mesmo há hostilidade deles por mim, apenas olho um pouco as figuras da família. faço um esforço mental para reter qualquer coisa de suas feições e gestos, como a mãe fitando de soslaio as botas sujas de lama do esposo à porta. ele, cigarro aceso pendendo da boca, a boca, grande, sorrindo para o nonno no sofá. é por aí que posso ouvir e ver os mortos. o cérebro não pensa bem. o que deu certo em minha vida? sem dinheiro, sem talento para o futebol ou o violão, sem carro ou casa própria, a verdade é que... há tempos não venho ao bairro, que começou no terreno comprado há mais de 140 anos da família Borges. meus antepassados entre as primeiras famílias, depois de passarem meses e meses no litoral brasileiro, recém-chegados da Itália. três irmãos: Felicidade, a filha, e dois homens, vendem o terreno e manifestam a vontade de que o nome Felicidade batize a colônia. quinze lotes são demarcados e divididos para as famílias tomarem posse após um sorteio. entram nos terrenos com armas e bagagens, que não são muitas. por algum tempo moram em barracos feito de galhos à moda das cabanas dos caboclos. meus avós maternos, Breno e Beatriz, vem ao Brasil pequenos, com os pais, nas primeiras levas de europeus, incentivados pelo governo para ajudarem a colonizar as terras. eles se conhecem já na colônia. saio do Terminal, atravesso a rua e estou na Praça San Marco, tomada pelas barraquinhas da feira, onde homens e mulheres de pulôver e avental enchem saquinhos de plástico com o amarelo e o vermelho das frutas, com diversos tons de verde das verduras e os legumes opacos. estou com fome. na esquina, me lambuzo com um cachorro-quente: duas vinas, maionese, milho, batata palha, catchup e mostarda. limpo as mãos e a boca. pago com uma nota de cinco, enfio as moedas do troco no bolso. subo a rua, viro à direita, estou na Manoel Ribas, passo pela igreja, pelo Colégio Imaculada. algumas quadras e o Clube Danúbio fica para trás. o cemitério com seus habitantes implorando por flores. sigo, mais alguns minutos, estou entrando à esquerda em direção à chácara. a chácara é um dos últimos bens restantes do espólio de nossa família. gostaria de ficar com ela, mas coitado de mim, quase não tenho dinheiro suficiente para pagar o aluguel e me alimentar ao mesmo tempo. ao menos se Tadeu, que é rico, comprasse a propriedade, mas não pode sequer ouvir falar deste, como ele chama, *elefante branco*. não o culpo, deve viver com a cabeça cheia. a velha chácara não interessa aos seus projetos. nem aos meus, não os tenho. estou no bairro para assinar a escritura de venda da chácara para os novos proprietários a umidade na neblina que se adensa vem lavar a manhã de um tempo longínquo com ele e Camilo examinando os esqueletos pregados nos troncos das árvores. mas nem as cigarras, nem o beija-flor de outra estação capaz de bater mil vezes as asas sem se deslocar um milímetro sequer, ou mesmo os três graus centígrados da geada, são suficientes para devolver tudo o que lhe é necessário e já está ultrapassado. gosta de sentir a geada pela manhã, a geada sobre o cobertor, sobre o sofá, na toalha de banho, nas roupas de ontem. não chora, nada no mundo é uma resposta, muito menos uma pergunta. na geada tudo o que permite ficar, na geada sua tristeza e sua vitalidade, seu fracasso e o seu merecimento. frio fino na dor, menos que microinsetos de água congelada. seus olhos são julhos quando os queima na grama. seus lábios são julhos nas tetas da grama cheia de umidade. eis o seu coração branco ando até a nossa rua sem saída, não a reconheço com seu asfalto novo, ainda molhado pelo orvalho da manhã. desço pelo caminho em que, num terreno baldio está uma vaca pastando. chega-se pela estradinha de quinhentos metros de terra, cercada por enormes araucárias que, aos poucos, vão sumindo como se, uma a uma ao longo dos anos, houvessem fugido. estou diante da propriedade. nada a ver com a cerca de arame farpado em que Tadeu certa vez corta a cabeça, agora é um alto muro de cimento que a circunda. nunca existiu enquanto moramos aqui, mas Tadeu quis construí-lo para proteger a comprida casa com seus janelões na lateral, com os quartos que se abrem sempre um de frente para o outro. a casa não é das mais iluminadas, mais comprida que larga, as paredes espessas conduzem aos aposentos pelo longo corredor. eis o portão. o nonno tem o AVC aqui, fazendo reparos nas dobradiças. quando Elza o encontra, está morto. abro o cadeado, entro e comigo entra Camilo, depois da missa à noite, pulando a cerca, segurando o Bona e só depois segurando a porteira. o carro passa e ele volta a fechar, sem cadeado nem nada. então ele e Bona correm pela estradinha atrás do carro. daí a mãe abre a porta, acende a luz, a gente entra na sala fria e um vai depois do outro ao banheiro. meu pai não, ele gosta de fazer no limoeiro do quintal bem em frente à varanda. voltamos do banheiro e tia Ruth: lavaram as mãos? sim, tia. mas a gente nem lavou. e ela distribui pedaços do bolo de laranja para cada um. enquanto isso, a nonna coloca o chá para ferver. os adultos o tomam conversando ao redor da mesa da cozinha, comendo junto pão com manteiga. pisco e, num átimo, estou no café da manhã, na mesma cozinha, quando a nonna chega, senta e antes de se servir vai servindo todos os outros. a mãe coloca um pouco de leite na xícara dela, da tia Ruth e na do meu pai. o nonno já está servido e no momento briga com a manteiga, dura demais para passar no pão. surgimos vestidos com o uniforme da escola. ao fim do café, Manoela levanta e vai escovar os dentes, pega suas coisas e tenta ajudar Elza a lavar a louça enquanto nos espera. a gente levanta e também vai escovar os dentes. Camilo, o primeiro a ficar pronto, encosta-se na porta da cozinha e fica assistindo a arrumação. a luz da manhã em cheio em seu rosto, seus olhos claros ainda mais translúcidos, dão-lhe o ar de um raro ser angelical. a nonna, em uma espécie de prece, fare-lo de som, move os lábios, a voz sibilante, o cabelo cinza, as magras mãos, a pele solta do tríceps e varizes prestes a arrebentar. os chinelos ao lado da cadeira, no quarto. a nonna, sim, que vai perdendo os dentes nos intervalos de seus *porca miseria*. me aproximo da casa e, nesta solidão que é o passado, entro e entro na chácara. e agora tenho 6 anos. e agora, como que do nada, começa a chover, o céu não está nem aí para o insuportável sofrimento humano. a terra é sólida e compacta. tudo é um doloroso ar e talvez nem seja ainda o inverno da pneumonia que quase levou meu pai. por pouco não piso numa ninhada de pintinhos, estão sujos de barro, piam baixo, parecem perdidos e atônitos. procuro e não encontro nenhuma galinha por perto.

chego à varanda, há um perfume bom no ar, nem sei se dos eucaliptos. o nonno dorme e ronca, o cachorro ao lado vigia o seu ócio. e este cheiro, agora identifico, da sopa na cozinha. horas de silêncio, nem sequer os seus *va bene, va bene* a si mesmo, segurando a asa da xícara de ferro, vazia, no colo. até que, como se voltando à vida novamente, com a voz grave, estragada: esfriou, melhor a gente entrar. mas não entra, permanece sentado, apenas cofia a barba, a boina no colo, acompanhado do escuro dos anos que acumulou e deixou para trás. amor, imagino, resta guardado na mão que afaga o cachorro com o focinho pedindo mais, depois deitando aos pés do velho, as orelhas entre o alerta e o relaxado, os olhos piscando lentos. até que, cansado dessa posição, o nonno coloca a boina e, com dificuldade, levanta seus cento e vinte quilos entrando na casa, deixando o cão do lado de fora. junto com ele, a respiração desaparecendo diante da narinas, saio da área iluminada pelo velho bocal pendendo do teto da varanda com a lâmpada amarela e enfraquecida e avanço. sei que apesar de tudo não estou em casa, mas num lugar em que morei e um dia teve esse nome entro, como quem está se despedindo, entro e entro. poeira na casa prestes a ser definitivamente varrida da família por compradores que só podem mesmo ser objetivo seu interesse comercial. se não vendermos, acabaremos por colher detritos. não houve a bancarrota do lugar, apenas o fomos esvaziando aos poucos. o tempo, sua ferocidade não vem a jato, inspiramos fundo e ainda não nos faltam escolhas. circulo a sala de estar. tudo tão bem cuidado. o som rangente das tábuas. a copa... em outra época é aqui que a mãe me traz e embala com cantigas de ninar. aqui também a gente fica de castigo quando apronta alguma, como diz ela, mal-criação. faço um esforço mental para rememorar e preencher os cômodos com os móveis, eles mal me vêm à mente. não tanto quanto minha mãe, que noutro tempo, cruza o quarto e escancara o ambiente para a manhã com alguma claridade. a névoa ainda está encostada na casa, o vento com um princípio de chuva dentro dele respira nas cortinas. o mundo fala à sua maneira, assim como as cadeiras, as camas e tudo mais. sou um vulto, uma sugestão de cores apenas, pairo na cena indefinido. os cobertores e os lençóis esplendem no ar feito ondas quando minha mãe vem até mim e me acorda me descobrindo. depois, sai do quarto acompanhada de suas eternas horas de paciência, sim, tudo na vida deveria ser uma luta contra o desânimo, a descrença, o desamor, a depressão. uma guerra do entusiasmo contra a tristeza. o eterno movimento na direção do equilíbrio. não estamos na terra para cometer todos os erros possíveis. os exemplos deveriam bastar ao aprendizado, mas parece que não. um dia quem sabe estejamos prontos e, quem pode saber, não será tão tarde. num instante, tudo volta a ser penumbroso, com os ácaros e a umidade no quarto. neste tempo, estou diante da janela fechada novamente. as frestas trazem o frio para dentro da casa que será vendida, possivelmente transformada em condomínio de luxo, ou numa fábrica, num shopping. a casa da chácara, hoje vazia. a casa que, em meio a teias de aranha, cheira a naftalina e umidade. e mais nada, nenhum presságio. todos eles já se cumpriram quando... nem há o que evocar, mesmo dentro de uma intuída e pendente atmosfera de fim de mundo. não um fim de mundo como um todo, mas o fim de um mundo específico, particular, o meu, com a voz alta de meu pai, este homem não letrado e que não gosta de conversar, com pouca religião dentro de si, com minha mãe que cheira a Leite de Rosas e a tosse de seu inverno apresentando a expectoração da pouca esperança. em seu rosto só rugas e as bochechas que mastigam sem fim, muito séria. a Leite de Rosas também cheira a nonna, com seus santos, a santinha da chuva, como ela chama, e o Santo Antônio, o dos casais. quem a vê assim, sorridente e doce, não a suspeita torcendo o pescoço, passando a faca, colhendo o sangue das galinhas num prato fundo. até poucos dias antes da sua morte ela esteve lá, nos fundos da chácara, executando a sanguinária coreografia de gestos banais, a faca na mão displicente feito descascasse laranja no momento da sobremesa. mas antes, a sopa no jantar... a sopa que, por causa dessas imagens de galinhas bicando a terra ignorantes e porcos guinchando, me enoja. vou para a cama no meio da noite, a madeira estala, o relógio bate a ficção das horas. e, logo depois, os galos começam os dias com seu canto alto, acordando a casa abundante de religiosidade das mulheres. daí, a arrumação das camas, o baile das vassouras, as roupas lavadas sendo esticadas no varal. aos sábados de manhã, depois de uma briga, Tadeu e Camilo olham fixo um para o outro antes de se verem obrigados por tia Ruth a fazer as pazes. e as mulheres, no verão, sentadas em cadeiras de palha no quintal atrás da casa de onde, neste momento, do alpendre da porta da cozinha aberta para aquilo que já foi uma horta sofrendo atentados das galinhas, as enxergo. há uma espécie de morosidade dentro da repetição do roteiro dos afazeres diários, como se houvesse o tempo certo, não sobrasse nem faltasse, para se realizar o que é preciso realizar. não, não são recordações, mas o tatear de rastros, o começo disso, ao menos. miro a todos dentro de tudo que agora imagino poder, de algum modo, reconstruir. não, estou claramente equivocado. não há como reconstruir qualquer acontecimento do passado o que vejo são paredes lisas, bem pintadas de branco – são já pré-escombros. os quadros, onde? foram doados por tia Ruth após a morte de meu pai. não são coisa de valor. os fantasmas deveriam ser os que mais se apegam aos lugares. dizem que as casas retêm o espírito dos que as habitaram. retêm coisa nenhuma, as casas, como todo o resto, só estão vivas no presente. as pessoas vão embora, seus espíritos as seguem. é a disposição interna dos móveis, a mesa da cozinha, os armários, a cristaleira, o cuco pendurado, a biblioteca, que nos obrigam ao vínculo. mas então, como pode estar aqui tia Ruth gesticulando nervosa, como sempre, falando sem pausa, pedindo que meu pai apague esta porcaria no cinzeiro? e os barulhos de Elza ao fogão, com as panelas? no quintal, Bona latindo? o nonno nos mandando tomar banho, escovar os dentes, vestir o *pijame* para assistir na tv um *farvestão* com ele, e então Camilo descobrindo o amor pelos cavalos nos filmes em que, enquanto os homens guerreiam, os animais parecem bailar alheios, entregues à própria sorte na ignorância do combate? então dormimos, ignorantes, no sofá da sala, ao lado do homem que chora ou impreca toda vez que a palavra *fascismo* é pronunciada. dormimos alheios ao universo mau dos homens que produzem guerra. quando menor ainda, Camilo acorda Breno antes do sol, o nonno o chama de santo, santo Camilo corre até o quarto da Elza e rouba uma boneca da Mana, abre as pernas do brinquedo e cheira a fralda da menina de plástico: ela tem fedor, ela usa fralda de fedor. Breno ri. Elza dá uma bronca. mas não há fantasmas aqui, eles não existem. o que ocorre é que a sanidade é uma impostora, cedo ou tarde acaba desmascarada. o corredor é longo, conheço o assoalho como ninguém, sei como caminhar para que as madeiras não rosnem. um corredor de luz sem luz, o corredor do casarão. uma barata surge de algum canto, atravessa a sala. piso nela? não há piedade. não piso, elas sobreviverão de um jeito ou de outro. nem sei que idade tenho e este menino me olha com pena, ele nunca me perdoou, escuto seus passos batucando a madeira do corredor, segundos antes de entrar no aposento dos pais. agora estamos na cama deles depois dos pais se casarem no Clube Iguaçu, bem antes do túmulo da família no cemitério *Ossa arida audite verbum domini*, os dedos dele nos lábios da minha mãe, ela estica o pescoço, as bocas se respiram, a mãe geme a cama em que possivelmente sou concebido, três alqueires de festa da uva, este é um dia nublado, a nonna já caducando, mãos enrugadas fazendo bolinhas com o miolo do pão e as bordas descascadas do bule de barro pintado com esmalte amarelo, e agora a manhã de nossa adolescência, Mana entra no quarto, olhos úmidos sob a luz do abajur, abro num leque as mãos, fruto grande e quente o seu rosto, passos no assoalho, a mãe, o camisolão até os calcanhares, corredor escuro, Mana se esconde atrás da musguenta poltrona, a mãe entra no quarto sem bater: o que está fazendo? lendo. é tarde para leitores da sua idade. tenho 12 anos. não me retruque. só queria acabar o capítulo. já acabou? me viro na cama dando as costas para o lado de fora. boa noite, durma com os anjos. apago a luz do abajur, ela se vai e a música engole metade do meu cérebro, seção cívica, sete de setembro, as turmas desfilam pela rua com o uniforme marrom do colégio, bandeirinhas de papel do país, o nonno rapazote, a nonna bem menina e os que sentam no fundo da sala, metidos, com suas camisetas pretas de bandas de rock e os cabelos compridos escondendo a vergonha do rosto tomado por espinhas, daqui dois anos, nem isso, vão se transformar em maconheirinhos arrogantes como seus ídolos de torcidas organizadas, e eu o que fiz da vida? algumas pessoas nunca terminam de me destruir, a cabeça pensa, pendurada, os olhos ardem, reaprendo a caminhar pelas calçadas sem ser notado, o senhor sombra, um rugido no meio, deixar de ter autocomiseração, ir me acostumando, nunca termino de me destruir, recomeço, está sendo um dia nublado, e o nonno: não quero este fascista aqui. Mussolini... logo para cima de mim, cada vez menos interessado em política, quanto mais eles estragam a cidade e a vida das pessoas, quanto mais eles roubam o país, mais acuado fico, menos ideologizado fico. na Itália de Mussolini é imoral casais se abraçarem, se beijarem em público, na época muitos namorados e noivos não fazem isso por vontade própria, os fascistas querem ser pessoas extremamente decentes. então ipês amarelos vencendo a geada, ossos secos sem uma única palavra do Senhor. coloque as imagens no lugar, digo para mim. calma, tenha calma. organize as ideias, coloque a cabeça no prumo. e aqui está, redondo rosto, róseas bochechas, minha mãe: nascemos de novo dos nossos filhos quando nossos filhos nascem. olhões amplos, claros. e olheiras que igualmente definem minhas feições. o leve tom arroxeado ao redor dos olhos verdes e o jeito sempre poético de: descendemos de rezas dirijo-me a um lugar escuro, tenho um acesso de vômito. penumbra, quase não posso ser visto, agachado, respiro com dificuldades. corro ao banheiro e estou vomitando o cachorro-quente, estou vomitando aos olhos dos ausentes que espreitam. tento afastar para o lado nacos das trevas do lugar fechado. suo, tremendo lavo o rosto e a boca na pia, um gole de água, molho os cabelos, fito o rosto no espelho, a boca fedida de vômito. aqui de longe posso sentir os aromas da cozinha da chácara, a galinha de panela, a polenta, os bolos (de algum modo, ajudam na minha profissão) colados em mim por dentro. os cheiros invadindo a casa, impregnando as cortinas, as toalhas, as roupas de cama. volto à mãe e ao pai, ainda relativamente jovem, fumando no alpendre, manchas de suor na camisa. não está com frio? gosto de fumar e sentir frio. o calor sai e entra nas pessoas pelos poros. mais velho, não se mexe o pai no sofá. problemas cardíacos, está proibido de comer e beber à vontade. e é exatamente o que faz. usamos desde sempre a manteiga Aviação, a única, diz, que não faz mal ao sangue. nossa dieta é rica em queijos, massas, carnes, linguiças feitas por Elza, pães caseiros molhados em banha de porco. e o pai se defendendo: vinho faz bem para o coração. bebe para expulsar sei lá o quê, que com o passar dos anos o álcool só faz crescer. depois, somos eu e Camilo indo pegar a grimpa do pinheiro sem querer espetar a mão. e também Tadeu, de nós o campeão de espinhas na adolescência, que não se torna o homem alto, largo e bonito no futuro que para ele jamais consegui enxergar. herdamos os supercílios volumosos e desalinhados do nonno, especialmente Tadeu, que sobre os olhos parece ter espessos toldos que pelo meio se unem. fomos, somos homens de compleição rústica. se bem que vivem me dizendo que o meu é um rosto ingênuo. nunca me ofendo. caso viva até a velhice, terei os mesmos lóbulos moles e despencados nas orelhas cheias de pelos, como os do nonno. Tadeu, o incomodam suas orelhas de abano, até que ele resolve operá-las assim que tem autonomia para isso. acaba ficando o mais feio da história. a mãe, tia Ruth e Elza não saem da cozinha. na sala, esperamos, bocas, estômagos ávidos. fazem o almoço de sábado sem nunca antes terem tido dores nas pernas. as galinhas capturadas, evisceradas e então as grandes galinhadas caipiras com macarronada. passam a manhã preparando, depois nos assistem na dança da devoração. na hora seguinte, voltam à cozinha conviver travessas e panelas, ervas, molhos guardados em potes de plástico, a pia, o fogão à lenha. depois, com a doença da mãe, isso muda. a cabeça dela não está boa, vem tendo lapsos de memória, apagões, irrita-se com facilidade. embora o pai siga no intuito de manter a tradição dos almoços, para ele sagrados. nesse sábado estamos todos um pouco mais animados. ainda assim o constante clima no ar, o peso das cortinas. minha obrigação de filho, esperar unido à família a decadência da mulher que me colocou no mundo e cuidou. apesar de quase não sair mais da cama, contente com minha rara presença, esforça-se para sentar à mesa conosco. o médico deu a ela pouco tempo. mas está animada, conversa, faz graça. a risada, embora fraca, devolve à casa uma aura acesa. cabelos mal penteados, cheira a Leite de Rosas. fartamo-nos com a deliciosa posta acompanhada de spaghetti. Tia Ruth pergunta se queremos mais. o pai, servindo-se de vinho: estou satisfeito. Tadeu, Manoela e eu, quase em coro: eu também, eu também, também estou. a mãe praticamente não toca na comida, afasta o prato de si na direção da tia Ruth. e os cuidados do pai: você não comeu nada, Gica. estou sem apetite. Tia Ruth raspa os restos de todos num único prato. faz uma pilha, coloca o que contém os restos sobre os demais. levanta para levar a pilha à cozinha. então a mãe: vou ajudar você. não precisa, Gica. sempre lavei a louça, não vai ser agora que você vai me dizer o que posso ou não fazer. o pai tenta dissuadi-la. não tem jeito. ela segue tia Ruth. Manoela levanta e também vai à cozinha. lavar a louça, na verdade, quem faz isso sempre é Elza, que nesse sábado não está, foi ajudar na Festa da Uva, repetindo o gesto das Filhas de Maria como acontece todos os anos, há mais de cinquenta verões, com seus chapéus de palha e aventais, quando as mulheres inventam os festejos para comercializar as safras abundantes. a mãe e tia Ruth também estariam na festa, não fosse a adversa circunstância passados alguns minutos do almoço, Manoela volta afobada da cozinha: dona Gica desmaiou. acorremos em sua direção. Tia Ruth está agarrada a ela no chão de lajotas. sai uma espuma branca de sua boca. meu pomo-de-adão trava na garganta. respiro ofegante. meu pai carrega minha mãe no colo. coloca-a com cuidado na cama do quarto deles, onde ele já não dorme mais. desde que a doença é diagnosticada e minha mãe passa a exigir cuidados especiais, ele se muda para o cômodo que foi meu e que está vago desde que morar na chácara se torna insuportável e me mudo para uma república, no centro, onde passo os dias fumando maconha e lendo, há mais de quinze anos. depois de passar no vestibular, PUC, à noite, vou para a Faculdade, após as aulas, vago sonâmbulo por becos, carente, acolhido pelo corpo de qualquer mulher. tia Ruth abre o armário, pega um edredom e coloca sobre ela junto com o cobertor que já está na cama. olho para Tadeu, ele chora. ele e meu pai vão para a sala, ligam para o Dr. Francisco. Manoela senta na beira da cama e segura as mãos da minha mãe, de vez em quando solta uma das mãos e ajeita a franja dela. olho fixamente para seus pés mal tratados, solas secas, unhas duras, varizes nas pernas. tia Ruth fecha as janelas e acende o abajur. saímos todos do quarto para deixá-la descansar. meu pai ordena: vá chamar a Elza. pego a chave da caminhonete dele e vou. aos outros, ele avisa: o Dr. já está vindo. o pai vai até o armário da copa, pega e abre uma garrafa de vinho e nunca mais para de beber essa garrafa. quando volto com Elza a mãe já está morta.

Tadeu consola tia Ruth após ela ligar para o padre João. Elza, com toalhas e uma bacia de água quente, lava minha mãe. de joelhos ao pé da cama, tia Ruth reza e geme de dor. Dr. Francisco chega. Tarde demais. Meu pai diz com qual vestido prefere ver a esposa vestida. Manoela ajuda a vesti-la. Dr. Francisco assina o laudo de óbito. preciso sair de casa. eu não fumo, mas fico na varanda fumando. padre João chega, é a primeira vez que vejo um padre sem batina, e estranho. ele me dá os pêsames e entra. tarde demais para milagres. eu quero ajudar, mas não consigo. desejo ter feito algo por ela antes, não fui atencioso, não me dediquei, não fiz o que pude. todos deram o seu melhor. Manoela vem até mim, a mão no meu ombro, seus olhos são um espelho, vejo que me considera um monstro. quero abraçá-la e soluçar, mas não, nem eu nem ela. nada dizemos. Manoela me faz um afago e volta para dentro da casa. por que eu não estou preparado? o que fazer com a necessidade de fazer as coisas diferentes se não sabemos onde olhar, se escondemos o rosto dentro das mãos quando lágrimas escorrem, se não sabemos quando será positivo pô-las no bolso ou uma violência acariciar alguém? o que fazer se não temos aonde ir senão à merda? então rezo, mesmo tomado pela apatia, rezo e nem sei quanto tempo depois sou interrompido pelo carro preto que estaciona. tudo escurece, dois homens descem, do porta-malas tiram o caixão e trazem para dentro da casa, a mãe no quarto, lavada, vestida para o adeus, o curso do silêncio imposto. Elza e tia Ruth (que cheiro tinha?) na sala, orientam a colocação da fúnebre caixa. sei que nunca terminarei de perdê-la e de perder-me a mim dentro disso. nem um minuto atrás eu era só uma criança. por que crescemos se continuamos desamparados? estou no meio de uma história viva, mas só vejo morte. é o velório dela, sim, no dia em que estou vestindo o blazer de lã que foi do nonno e que, por mais que tenha sido lavado e secado ao sol, por mais que eu não fume, recende a tabaco. de pensar, minha boca seca e o corpo esfria, um buraco se abre no estômago. minha mãe, tão piedosa em seus ideais religiosos justamente reconhecidos na paróquia, vai desaparecendo de novo, a cor do cabelo, os olhos claros, numa latência, o rosto arredondado, tudo perde o vigor. e a ira dá lugar ao mais incompreensível silêncio, que é o apagar da vida de quem um dia amamos. primeiro ficamos ineptos, incapazes, imbecis. depois, por mais que este dia frio inaugure um outro tempo de frio muito mais longo, ao poucos vamos nos refazendo, gravemente feridos, mutilados, precisamos aprender um jeito de nos adaptar ao que falta e ir em frente. coisa que meu pai não consegue fazer, tão grande sua saudade. ele passa a ter um comportamento cada vez mais apartado de nós, taciturno, nessa altura da vida já um abodegado e contumaz bebedor. sei que o amo porque é destruidor vê-lo assim prostrado. daí que dentro de cada parreira, em cada uva, no mosto, dentro de cada garrafa de vinho sempre há a reza de uma mulher. assim como no martelo que um homem bate, dentro do pulso do martelo, há a reza de uma mulher. tem uma reza na ferradura, na pata do cavalo quicando no chão. catamos minhocas na lama e as colocamos em latas, muitas vezes, num gesto sádico, arrebentando seus corpos, e há uma reza aí, porque há sempre quem saiba ler a lição da terra, seja assim ou no apodrecimento do fruto na fruteira. tudo é uma lógica selvagem mesmo, o céu que dá de beber à terra para fazê-la fértil. as correntezas dos mares os marinheiros conhecem, as correntezas da terra são tão complexas quanto. aqui está o oxigênio das flores, respiro. e o lugar em que piso é até onde vim. educado católico, estudo para coroinha. em casa, a nonna me ensina a ladainha: creio em Deus pai todo poderoso, criador do Céu e da Terra e em Jesus Cristo, seu único filho... me dizendo sempre: Deus cuida de tudo. Deus cuida de tudo... quando criança, eu acho que sussurrando uma canção bonita a gente pode falar com ele. mas a ausência é o modo mais eficaz que Deus tem para provar que não existe. com o padre aprendemos a beber vinho e contar piada. o padre, anarquista antes de entrar para o seminário. a religião não me apazigua. ao contrário, perturbam-me os sermões. e aqui estou atravessado por uma profusão de religiosidade incutidora de medo e culpa. vejo então um dos homens ir até o carro e trazer uma maca dobrável, os dois colocam minha mãe sobre a maca e a trazem para a sala. em seguida, a pousam dentro do caixão. depois da ação dos homens, Elza vai até meu pai (ele cheira a loção) e diz alguma coisa a ele, que levanta e entra na biblioteca. volta de lá com um cheque na mão. com o cheque Elza paga os homens da funerária e eles vão embora. diante de meus olhos vermelhos, a lastimosa silhueta de meu pai sentado na mesa da copa, adivinhando seu desalento, em lágrimas, sofrendo desmesuradamente a morte da esposa. nem a lenha estala na lareira, nem o vento nas copas dos pinheiros, nem o vulto dos demais habitantes da casa, só o silêncio e a sensação de que nada vale nada nessa terra, com o vazio deixado pela mãe, como se o mundo jamais pudesse ser adjetivado outra vez no visor do celular, a mensagem de Tadeu: às 10 horas, no meu escritório. não lhe agrada mas é inevitável esta ida ao escritório do primo. é referente à chácara, sim, sua herança. não é de hoje que Tadeu cuida de tudo que diz respeito à família, há anos ele colocou sua mãe, Ruth, no apartamento do Champagnat e deu uma casinha no bairro para Elza viver a velhice. isso antes até do curso de especialização em administração de empresas que Tadeu faz nos EUA. bem diferente de Tadeu, ele faz apenas um semestre de jornalismo e abandona. o tempo da faculdade é para ser um dos melhores de sua vida, mas não, não faz grandes amigos, nem liga muito para as matérias, não dá valor, conforme cobram os professores. sem opções, faz um curso técnico e se transforma em chefe de cozinha. no período da escola primária suas notas também não são grande coisa e reprova duas vezes. na segunda vez, uns meninos o cercam na rua depois da aula e ficam provocando: reprovado, reprovado. vai para cima deles e apanha, eles batem até vê-lo sangrar. diferente do seu pai e do Tadeu, nunca teve o andar de galo, de rei da rinha. vê o pai chegar ao final da vida ainda tentando manter a pose de quando foi jovem, sempre com um pulôver grosso e botas nos pés que atravessam esta lembrança. assim como toda a gente, o pai um dia foi eterno e deixou de ser

Móveis Brennelli. a fábrica fica praticamente nos fundos do McDonald's. perto está o ginásio de grama sintética Bola Murcha, no mesmo terreno da Churrascaria Espeto Dourado. ambos na lateral do Cemitério, em frente da Capela Mortuária. a recepcionista não me conhece pessoalmente. faz mais de três anos que não venho aqui. a serraria... Camilo morreu neste lugar, morreu como fosse um entalhador inábil. o cheiro da madeira que impregna o ar me enjoa. é difícil chegar à pequena sala da diretoria. faço o cadastramento e me dão um desnecessário crachá. sou anunciado, a secretária abre a porta e me encaminha. Tadeu me recebe: como vai? bem, e você? água, café? aqui o meu primo, grisalho como meu pai. café, digo. ele pega o telefone: dois expressos. em seguida: quanto tempo, o que tem feito? está ansioso, fala sem deixar intervalos que permitam minhas respostas. batem à porta, a copeira entra carregando uma bandeja com as xícaras. e ele, com um ar desdenhoso: pode deixar aqui, nós mesmos nos servimos. a copeira pede licença e se retira. Tadeu serve as xícaras: açúcar ou adoçante? puro. seu olhar é escuro como um poço. ele sorri encolhendo os ombros como quem pergunta *como é?* Tadeu, Camilo e eu desde sempre não somos inseparáveis, embora tenhamos estudado no mesmo colégio. no colégio, tiro notas baixas, Tadeu não, num tempo em que a escola nos quer adestrados. ainda hoje pode ser que seja assim, se não for pior. meu pai me quer adestrado por um tempo, depois desiste de mim. Tadeu adestra a si mesmo logo de cara. preciso de dinheiro emprestado, digo.

está devendo a alguém? ele sempre *avião* para os negócios. para o banco, como todo mundo, devo para o banco. quanto? 2.600... é só para acabar o mês, vou começar a trabalhar num restaurante novo, mas eles ainda não abriram as portas. não somos mais crianças, vou aumentar o seu pró-labore para 3.000, está bem assim? ele se transformou num sujeito bem estruturado, funcional, que provoca admiração pela sua eficácia nos negócios e posição social. ele é um ano mais novo do que eu. abre a gaveta em sua mesa de trabalho, pega um maço de dinheiro, conta, separa uma parte e me dá. agradeço. agora vamos aos papéis, ele diz. pego uma caneta em sua mesa e rubrico todas as páginas da escritura. nas em que há indicação, assino. chegam-me imagens da gente com doze, treze anos, eu saltando nas costas de Tadeu, ele se debatendo, eu o espancando, depois o abraçando com força, prendendo seus movimentos. ele tenta fugir e, ainda no chão, me dá as costas, subo nas costas dele, ele corcoveia como fosse um bezerro desesperado, empurro a cabeça de Tadeu na direção do chão e grito: come grama, lazarento, come grama. de repente, alguém me puxa com força, arrancando-me de cima dele, dando bronca em nós dois: estão de castigo, cada um para o seu quarto. mas foi ele quem começou, nonno. não interessa, não quero ver dois primos brigando, isso é indigno, já para dentro. ele me convida para almoçar. abre a porta e vamos saindo. pergunto: como Manoela está? Tadeu franze as sobrancelhas: mal, ainda internada. logo vai para casa, eu digo, vou tentar visitá-la. saímos do escritório, cruzamos os corredores e a portaria. entramos em seu carro importado e em cinco minutos estamos em frente ao restaurante. Tadeu termina de fumar, joga o toco no canteiro e a gente entra. o garçom vem em nossa direção, sorrindo. Tadeu o cumprimenta e: este é o meu primo. como vai o senhor?, diz para mim o garçom. bem, obrigado. então nos encaminha a uma mesa. tiro minha japona e ele acode, pendurando-a na cadeira. olho a rua pela janela, frio e nublado lá fora. aqui a temperatura está amena. o Annello funciona colado ao Velho Madalosso, quase como um anexo. sentamos perto da lareira onde grossos troncos de pinho ardem. tenho as bochechas e orelhas quentes, rosadas. Tadeu pede vinho. levantamos e vamos nos servir no buffet. Tadeu coloca no prato linguiça, duas ripas de costela, um pedaço de lasanha, mais um punhado de batata frita. ao longo da minha vida profissional, pode ser que eu tenha preparado alguns pratos desses para que Tadeu deglutisse com seus amigos vorazes e suas insaciáveis famílias, as esposas em saltos altos e estampados vestidos que já não lhes cabem, mais os pançudinhos filhotes tomadores de refrigerante, bonés de times de futebol na cabeça, relógios com pulseira de borracha colorida, pedindo ao garçom uma coisa atrás da outra. não sou um artista da alta gastronomia, é preciso funcionar. tento. vai ter um troço comendo desse jeito. ele não responde a minha observação. terminamos de nos servir e nos dirigimos à mesa. sentamos ajeitando as cadeiras. retiro os talheres e o guardanapo de dentro do saquinho de plástico. a toalhinha de papel com frases prontas de autores anônimos: nunca finja saber o que lhe é desconhecido; se entendermos o problema, a resposta virá dele, porque a resposta não está separada do problema; não são as más ervas que sufocam o grão, é a negligência do cultivador; e algumas outras mais

sentamos numa das mesas encostadas aos janelões que dão para a rua uns dois metros abaixo do nível em que estamos. lá fora o famoso Antoninho, o guardador de carros, com seu boné e o pulôver laranja, sem um dente sequer na boca, e com os dois braços atrofiados, praticamente sem mãos. do outro lado da rua o ponto de táxi com carros parados. num plano mais ao fundo, a mais de meio século, o monumental Madalosso. a tradição gastronômica do bairro começa há quase setenta anos, com algumas famílias de imigrantes servindo risotos, macarronadas, lasanhas aos caminhoneiros que passam pela região na direção da Estrada do Cerne. com o tempo, a freguesia vai crescendo e os restaurantes prosperando, com seus cardápios agora recheados de frango, radicchio, polenta, nhoque, maionese. o bairro se torna famoso. grande parte dos filhos e netos dos colonos enriquecem e hoje moram em mansões em que as carroças, obsoletas, servem apenas de enfeite nos jardins. bom apetite, diz ele. bom apetite, digo eu. e os talheres trabalham. o garçom traz o vinho e as águas. serve-nos. primeiro, a água. em seguida, um dedo do tinto chileno para que Tadeu prove. beberica e assente com a cabeça. o garçom serve nossas taças. bebo um demorado gole. continha minha sede alcoólica desde o natal passado, há quase seis meses. pingos gordos de chuva, pesados, espatifam-se na vidraça. Tadeu passa as costas da mão sobre a toalha, limpa os farelos de pão: o tempo está fechando. reparo nos dedos da sua mão direita, amarelos de nicotina, e volto a olhar para fora. você só come estas coisas sem gosto? e eu: me cuido, primo. folhas e legumes, fatias de manga, no meu prato uma variedade de cores, mais a saborosa posta de linguado com alcaparras. não consigo comer salada no inverno, justifica-se engolindo praticamente sem mastigar a gordurosa costela. Tadeu come apressado. e o tênis? não tenho tido tempo, diz. Tadeu se transformou num desses gordos ricos e estressados. um dia vai enfartar no meio de um saque. ei, hoje não é seu aniversário? é sim, sorrio meio sem graça. meus parabéns. obrigado. quantos anos? 38, ficando velho. noutro momento, estou comendo pão com linguiça e meu pai bebe com obstinação, Tadeu segura uma bola de couro com os pés e ao fundo Elza acena enquanto vai arrumar os talheres na mesa, colocada no jardim. nesse aniversário, o nonno me dá uma caixa de ferramentas e, aos poucos, a vou equipando, é um investimento a médio prazo. Tadeu e Camilo, quando chegam nesta idade, também ganham as suas e rapidamente aprendem a diferenciar os tipos de madeira e como protegê-las para que não estraguem. quando uma vez a tábua da cozinha onde são amassados os pães quebra, Tadeu, de um dia para o outro, confecciona uma nova, de qualidade superior a que estragou. ele se vangloria por saber fazer banquinhos, criados-mudos, armários com perfeição. mesmo que ninguém pergunte, explica, repetindo ensinamentos do nonno: a madeira, apesar de sólida, é de fácil manejo, é elástica, está viva. como marceneiro a única coisa que consigo fabricar é um banquinho com pernas assimétricas. o nonno, carinhoso, distribui abraços e sorrisos. feito uma árvore, cada passo seu movimenta raízes profundas. marceneiro primoroso ele. a marcenaria é dar forma à loucura perfeita da natureza, diz. é matar a natureza a favor do conforto, penso. esse aniversário fica marcado porque incendiamos o galpão da chácara. Tadeu rouba um charuto do meu pai: é o meu presente para você, diz. chupo o charuto aceso e tusso tisicamente. tonto, o lanço fora. quando volto a mim, o fogo cresce nos fardos de jornais que minha mãe armazena para o inverno. meu pai ronca os efeitos do vinho no sofá da sala (no velório dele – não acompanhei de perto seus estertores – sou eu quem toma um porre). o nonno coloca as mãos na cabeça e só as tira depois que a situação é controlada. as mulheres da casa, são elas, com baldes e a mangueira do jardim, que não deixam o incêndio se alastrar. ninguém se fere. levo toda a culpa e Tadeu sai de vítima. a memória é um galpão incendiado. a saudade, as cinzas. e a festa? não vai ter, respondo. como assim? talvez encontre uns amigos mais tarde, nada demais. não digo a ele, mas a verdade é que não tenho com quem comemorar. devemos festejar em algum bar, falo, se quiser vir conosco, é bem-vindo. tenho que ficar com as crianças, elas estão passando por um período duro. claro, não se preocupe, entendo. Tadeu levanta e vai se servir de sobremesa. um prato de sopa com três tipos de doce: mousse de chocolate, torta de bombom sonho de valsa com morango e um pedaço de torta alemã. peço ao garçom um café expresso sem açúcar. estamos de novo, em frente ao restaurante. a chuva pelo visto desistiu de cair. a Manoela vai ficar bem logo, você vai ver, digo a ele. vai sim, se Deus quiser. ele fuma. pergunto em quanto tempo o dinheiro da minha parte da venda da chácara será depositada. em dois meses, dois meses e meio mais ou menos. termina de fumar e joga o cigarro no canteiro em frente. o canteiro é só terra e bitucas, nada de flores. nos despedimos. ele se afasta, obesa silhueta, só tédio quando Camilo e Tadeu têm ainda dois e um ano de idade, Ruth é abandonada pelo pai dos dois, um sujeito pirado que toma porres homéricos e fica dias de cama se recuperando, sem condições de trabalhar. mais tarde, sempre que algum deles tenta falar com a mãe sobre o ex-marido, Ruth desconversa e o assunto morre. e então, eles são criados todos juntos na mesma casa. com Gica, Ruth e Elza um pouco que sendo mães dos três e de Manoela. e o pai de um acaba por servir como o pai de todos. o pai... de quem traz a nítida autoridade de quando lida com as lenhas no fundo do quintal, negocia com a grama para que não vire mato, vai buscar galinhas na granja para o almoço de sábado. ao mesmo tempo, é estranho como nunca prestou atenção em tudo isso que começa a evocar, agora que se vê tomado de um futuro abstrato. tenta então se voltar para o passado e ele é igualmente tão impal-

pável que não pode prever o que de lá
saberá trazer de volta. nada nunca fica
inteiro, nada nunca está pronto, nem
tudo o que já aconteceu já aconteceu

de um orelhão, ligo para Elza. digo que estou no bairro e quero dar um olá. ela fica contente. me passa o endereço. agradeço e desligo. colossal, o Madalosso se ergue lento ante os meus olhos. Tadeu e Manoela se casaram aqui, Salão Milano, frangos e seres humanos. o pai de Manoela, nunca o conheci, mas sei que trabalhou como garçom no Madalosso e que foi um homem de saúde frágil, com mãos cheias de manchas e olhos amarelos. um carcamano da pior espécie, diz meu pai, abandonou a Elza antes mesmo do segundo mês da gravidez e nunca mais deu as caras. espanto meu pai e o pai de Mana da mente como espantasse um cachorro com cheiro horrível. avanço na rua com anti-pó. a maioria das casas exibe a propaganda de um vereador-pastor, *o amigo do bairro, com aquele sorriso límpido e o olhar turvo que esconde camadas de segundas intenções.* o carro dos sonhos passa por mim. é uma Caravan antiga. do megafone no teto, a declamação: olha o sonho freguesia, sonhos de nata, doce de leite, creme, goiaba. me aproximo da cerca da casa de madeira, um cachorrinho branco com manchas azuladas e marrons abana o rabo. ele me faz lembrar do Bonachão, que todos chamam de Bona, porque é como Camilo o chama. um dia Bona vara a cerca e ganha o mundo. meu pai permanece conversando com os cheiros que se eternizam no canil, alimentando sem ração a ausência do cachorro. a coisa que Elza mais detesta é limpar a merda dele. várias vezes a flagro ralhando com o cão de guarda que, mais bobo que brabo, brinca de fugir ao redor da casa e dá um suador em Elza, uma dessas mulheres grandes. por volta de onze e meia da manhã, ele vem, as patas dianteiras no azulejo da cozinha, a língua como que esperando alguma sobra do almoço que vai sendo preparado. Bona, agora o corpo inteiro na cozinha e Elza o expulsando. ele que se coloque em seu devido lugar, grita. ele sai meio desengonçado, cabeça baixa, rabo entre as pernas. a mãe também não gosta dele. suja e estraga o jardim todo, diz. meu pai o adora: é preciso ter um cão de raça vigiando a casa. mas o Bona teme até os ratos que rondam o depósito de lenha. me deparo com ele sonhando a liberdade, o focinho fora do portão, os olhos deitados nas bicicletas dos meninos que vão na direção das ruas de cima. quando Bona foge, o pai joga a culpa na Elza, por conhecer sua implicância. Elza não ri e se defende. mas agora sou eu quem está quase perdido no bairro, avanço alguns quarteirões passando por lojinhas, salõezinhos de beleza, lanchonetes. a atmosfera do lugar muda revelando casas mais humildes, muito silenciosas. não estou bem certo se é este o lugar, de qualquer modo, me abaixo, deixo que o cachorrinho lamba minha mão, acaricio suas orelhas: é aqui que mora a dona Elza? isso mesmo, vem uma voz sem força da lateral. levanto para olhar e aqui está a velha empregada da família Brennelli, os cabelos completamente cinzas, de camisola, óculos de leitura pendurados no pescoço e as mãos sujas de mexer na terra. quanto tempo...? vim dar um oi. entre, entre, querido. Elza abre o portão e o cachorrinho vem brincar comigo. ah, seu porqueira, deixe ele, vá, vá para lá. o cãozinho, dado a estripulias, não respeita a dona. ela o tranca na cozinha. a casa cheira a sopa. ela me conduz até a sala. entre tantos retratos, Mana com uma barriga enorme ao lado de Tadeu. não cheguei a vê-la grávida antes, há seis anos, depois há dois. o casamento deles foi festejado por todos nós. eu sei, Elza. há outra foto em que estamos todos, jovens, vestidos a caráter, é uma das festas juninas que acontecem todo ano na chácara, com fogueiras enormes e as brincadeiras típicas. estamos eu e Camilo abraçados com Mana, um de cada lado. Tadeu, na época, tem um chamego pela filha do seu Chiquinho, da padaria. em outra foto ele tem a mim de um lado, a menina e Mana de outro. nesse mesmo dia, Tadeu a convida para dançar a quadrilha, mas a menina é só recusas, até o momento em que a mãe, esposa de seu Chico, intervém a favor dele, obrigando a filha a dançar. vão para o meio do salão, Tadeu e a Chiquinha (qual era mesmo o nome dela?) e Camilo com Mana. eu fico emburrado, bebendo quentão escondido. crianças, somos proibidos de beber. se a nonna me pega, estou ferrado, posso contar com uns bons puxões de orelha. já o nonno, nem liga entramos a tarde conversando. como foi o acidente? você não soube? não exatamente. e Elza me conta que depois que Manoela e Tadeu assinam os papéis do divórcio, saem da Vara de Família e vão tomar um café. e que mais uma vez discutem. Mana fica nervosa e diz que agora é livre e que vai procurar não sei quem nesse mesmo instante. então Tadeu fica louco e a xinga aos brados no meio da rua: que um novo processo vai começar, que ela é uma vagabunda, o da guarda das crianças. não, esta que Elza me apresenta não é a mesma Manoela que conheço desde pequena. mas talvez seja a mesma de certo sonho que se tornou recorrente em minhas noites em um não tão curto período da minha vida: Tadeu com 16 anos recém feitos, Manoela um ano e meio mais nova, é sábado, Tadeu consegue que meu pai empreste o carro, eles vão dar uma volta, conversam, dão risada, chegam no centro, final de tarde, é verão, Manoela camiseta regata e bermuda curta, época de Natal, a Rua XV cheia, os garçons trazem chopes nas mesas, as lojas anunciam promoções, os dois circulam um pouco por ali, sobem até a floricultura que fica atrás do hoje Paço Municipal, Tadeu a presenteia com um botão de rosa amarelo, Manoela agradece com um beijo na bochecha dele, você merece mais, ele diz e a beija na boca, então se abraçam e Manoela: você está cheiroso. a brisa gelada sopra, os braços, as pernas dela se arrepiam, Tadeu a enlaça, está mais alto e mais forte do que sempre foi, voltam para o carro, ele sugere que voltem para Santa Felicidade pela Rodovia do Café, e Mana: é o caminho mais longo. ele: assim a gente pode ficar mais tempo juntos. cortam pelo Barigui, entram na rodovia, depois imbicam num portão de ferro grande. um quarto, por favor, Tadeu à atendente. ela dá a chave, o portão se abre, o carro avança. não acredito que você me trouxe num motel, que cara de pau. quer ir embora? talvez. e Tadeu: vamos pelo menos conhecer o quarto. mas não vou fazer nada. ele: você que manda. uma cama grande, espelhos em todos os lados, banheiro com banheira. é o mais simples, diz ele. ficam um tempo sem ação, ele vai até o frigobar e pega uma garrafinha de vodca, abre e bebe num gole, pega outra, abre e dá para ela, que bebe no gargalo, ela quer tossir, mas aguenta, os olhos lacrimejam, Tadeu se aproxima e eles se beijam, vão se despindo, Tadeu está enorme, é um gigante, largo, maciço, Manoela só de calcinha, de repente a imagem agigantada de Tadeu se confunde com a minha, é o meu rosto agora do tamanho de uma melancia, é o meu corpo, delicado, eu a deito na cama, beijo os peitos, ofego, tiro a calcinha dela e vou, e ela: devagar. entro aos poucos em Manoela, ela acaba de perder a virgindade diz a mancha de sangue no lençol. Manoela... Elza está me contando que ela entra no carro gritando que Tadeu pode fazer o que bem entender e sai dirigindo feito uma louca. na Rodovia dos Minérios colide com o caminhão. o carro é encontrado destruído, Mana desacordada no meio das ferragens. e assim minha mente é preenchida por Mana segurando com força a direção, fechando os olhos, o carro derrapando na pisa, os seus pés perdidos entre embreagem e freio, o carro girando, tombando, o baque, os vidros explodindo no rosto dela, a roupa toda suja de sangue, estilhaços de vidro enterrados em seu corpo, o motor fervendo. a ambulância vem em seu socorro. apesar de não desistirem dela, os médicos acham bastante improvável que sobreviva. ficamos em silêncio, até que Elza me ajuda com este silêncio: Tadeu é um ótimo marido, ele mantém a casa com conforto e segurança, não economiza, eles têm empregados. e as crianças, como estão? fazem aulas disso e daquilo, vão ao clube, estudam num colégio bom, mas ela é descontrolada, só tem que cuidar da casa, organizar os horários das crianças, não é nada difícil. Elza fica raivosa com um barulho vindo da cozinha, é o cãozinho ganindo. acorremos em seu socorro e o cão está encolhido atrás da geladeira, assustado, a respiração opressa. o leite que fervia transbordou, por pouco não o feriu. Elza o pega no colo e o acaricia. os ânimos se acalmam. depois ela me serve o café, tomo e então algo me amarga a boca a manhã ainda virá, tanto para ele quanto para os velhos do centro, impondo sua difusa balbúrdia de ruídos e, para alguns, será novamente o momento de ir a pé à missa pedir perdão, enquanto que para todos os outros, a caçada da rotina continua. nesse momento não existe lua quando olha pela janela do apartamento. na rua, ao longe, alarmes disparam, o vento lambe panfletos de publicidade no asfalto e desenraíza sons das copas dos pinheiros, que batem no prédio e voltam. chiam os caminhões de lixo, os restaurantes servem sopas, os carros de polícia faíscam nas ruas, alguém está se drogando, alguém se masturba, casais copulam, máquinas trabalham, um adolescente muda de canal, crianças nascem, um carro capota numa estrada qualquer, outra parcela da população descansa. a noite não é generosa com o seu sono, um sono maior que o seu corpo exausto, menor que sua cabeça que funciona em alta velocidade frio, umidade, cachorros latem, subo a rua cinzenta passando por salões de beleza, bancas de jornal, lojas de ferragens, de roupas, farmácias, bares. minha respiração faz fumaça no ar. é quase o final da tarde, as luzes dos postes já começam a acender, a névoa desce sobre o bairro. caminho de volta da casa da Elza até a Via Veneto. ando um pouco mais e estou outra vez na Manoel Ribas. nessa época do ano não há contraste da noite e do dia, tudo um único tom de cinza longo e ininterrupto. as pessoas nas lanchonetes, nos pontos de ônibus. bem diferente da Santa Felicidade colônia de antigamente, do imigrante e sua esperança, do imigrante e sua fartura de centeio, aveia, milho, cevada dos homens suados, trabalhando com suas ferramentas sob o sol da cidade gelada. depois, o armazém, o sapateiro, a barbearia, quando o dialeto mais próximo do italiano que do português ainda predomina. homens e mulheres de hoje fumam, falam ao celular, mas nem é necessário dar dois passos atrás e estou com o nonno, ele *bambino,* vendo os homens de seu tempo derrubando a vegetação e trabalhando na faina dos terrenos, daí lavrando, adubando. as bisavós ainda são mulheres jovens, rostos corados, sardentos, cabeças amarelas, mãos ásperas nas rédeas das carroças que dirigem e carregam ovos, galinhas, leite, batata, verdura, alimentos para os estômagos da cidade. mas toda a História é um átimo, ou as pessoas não estariam novamente entrando nesta farmácia com suas luzes brancas e as caixinhas de comprimidos com tarjas desta ou daquela cor misturadas com refrigerantes, barrinhas de cereal, revistas de fofoca, dvds, caixas eletrônicos que vomitam dinheiro, enquanto eu, voltando ainda mais atrás, venho ter com os Brennelli ainda na Itália, poucos dias antes de embarcarem. no convés está frio, úmido, uma chuva salgada vem debaixo do confronto do casco com as vagas. longos gemidos rompem o espaço como fraturas do próprio ar. albatrozes, gaivotas erguem voo e tornam a mergulhar, agitando as asas com elegância. o Vapor, move-se com as grandes rodas de apás laterais. depois, viajam com mar calmo até o vento começar a novamente agitar as ondas, e então o violento temporal. ao longo da viagem, vão ficando andrajosos, sujos, cabelos desgrenhados, barbas crescidas. o navio é jogado para a esquerda, para baixo, cima, para a direita. o que é a escuridão da noite, o que é a escuridão do mar? e as perguntas todas em seus sonhos, agora também escuros. como será a terra que os espera? os colonos exigem uma terra só deles. tradição e sonho do agricultor de possuir e trabalhar uma terra própria, por pequena que seja, desde que fértil. chegando ao Brasil comprarão boas carroças e mantimentos. apenas se preocupam em sobreviver. o navio fede, todos trazem as mãos até o nariz tendo a sensação de que o cheiro vem deles, e há muitos animais vivos, alguns cães a bordo, galinhas e porcos que são abatidos e servidos nas refeições ao longo da viagem, as entranhas e outras partes não aproveitáveis dos animais são jogadas ao mar, grandes e famintos cardumes de peixes acompanham o navio. o vento sopra e assovia com força, no décimo oitavo dia de viagem um sujeito começa a apresentar sintomas da virose que assolou a Itália no último ano, imediatamente é isolado num cômodo da terceira classe, até que um dia não reage, está morto, o capitão entra no pestilento cômodo com um lenço tampando o nariz e confirma que o doente expirou e ordena que o corpo seja atirado ao mar. e segue a fétida nave com excrementos da difteria, da cólera, da desnutrição, balançando assim nas ondas da doença dos idosos e na esperança dos moços. mesmo crianças quando morrem são embrulhadas e jogadas ao mar. dois meses após a partida, ao longe, avista-se a faixa litorânea, águas claras, a visão do Rio de Janeiro. no dia seguinte, recomeçam a viagem, agora rumo a Paranaguá. chegam uns três dias depois. logo são encaminhados para a colônia Nova Itália, em Morretes, onde tudo sofre da falta de mantimentos, ferramentas para o trabalho, sementes para plantar e terra em que. não há estrutura, não há recursos e aqui vivem os imigrantes amontoados em casebres, em barracões, mais de 800 famílias inativas que não enxergam por onde, nem lhes é conveniente, fazer prosperar a região. o clima, a mata tropical selvagem, são-lhes hostis. imagine se já havia a mistura adocicada a enjoar os mosquitos e a mim, o preparado de eucalipto que, na minha infância, chegando o verão, Elza, empestando o ar, borrifa para espantar mosquitos e demais insetos escondidos atrás dos móveis de madeira escura. claro que não. no litoral os italianos encontram pescadores rudes e vigorosos, o alimento oferecido pelo governo é parco, insatisfeitos eles aguardam seu estabelecimento e, após algum tempo, conseguem que os transfiram para o planalto. acabam por vir os Brennelli, ao lado de quase duas centenas de italianos, com algumas mulas carregando pesadas cangalhas pelo Caminho do Itupava, aberto há muito por índios e mineradores. o chão agora é um cipoal, estreitas picadas, mata densa, o lamaçal emperra as mulas, facões desbastam a folhagem cerrada, a via é imprópria para carroças, não é ensaibrada, passam por áreas alagadas, água pela cintura. no alto, galhos dançam no espaço verde projetando figuras fantasmagóricas, chove sem parar, a lama misturada às pedras do calçamento feito por escravos dificulta a subida. musgo escuro que sai da terra e sobe por tudo acumula nos olhos, embaralha a paisagem. o ouvido de uma criança lateja, o dente de um homem está podre, lancinantes dores de cabeça, o furúnculo na coxa de uma anciã. têm fome. os pés encharcados dentro das botas, não usam roupas adequadas para o frio. passam pelo Porto do Inferno, como é conhecido o Porto de Cima. e então vêm se aproximando do planalto e deixando para trás o predomínio e as circunstâncias litorâneas. meus avós paternos não vêm da Itália nessas levas, o pai do meu pai, fascista, morre por lá, a esposa também, pouco tempo depois do marido. meu pai, filho único, nascido durante a Segunda Guerra, com dezessete anos acaba por vir se estabelecer nos trópicos. por vias tortas, chega em Curitiba, conhece minha mãe quando ela tem apenas quatorze anos e ele dezoito, em pouco tempo, se casam. as famílias, também a minha, são incansáveis, trabalham como camelos, segundo conta a nonna. Breno é um entusiasta das enciclopédias, vive dividido entre as leituras e a marcenaria do pai Leonardo, meu bisavô, que consegue comercializar em lojas do centro da cidade os móveis que fabrica. Breno, seguindo o exemplo paterno, se torna um insuperável marceneiro. Tadeu e Camilo também o são. trabalham o dia todo na Marcenaria Brennelli. à noite, Tadeu vai para faculdade de administração, na PUC vai para a cozinha, arranca um pedaço do papel-toalha, assoa o nariz, está gripado. serve-se de água e bebe engolindo os comprimidos. o corredor agora é mais longo do que sempre foi. e o escuro quarto. não vai para lá. volta para sala e olha a foto no porta-retrato em que tem três anos de idade, bermudinha preta, coxas grossas, joelhos intactos, engruvinhados, meias brancas, sapatinhos tipo botinha, camiseta azul-marinho por baixo do casaco de fio. na mão esquerda, esparadrapo num dos dedos. é loiro, penteado para o lado direito, tem olhos verdes, a boca levemente emburrada, rosto redondo, bochechas um tanto avermelhadas. e aqui está diante de si mesmo, nítida fotografia que se mexe. ele criança. e já não sabe se não mais acorda disso porque nunca mais dorme. o mundo não parece passar, mesmo se em outro momento é já o seu aniversário de nove anos, ele e os primos sujos e suados de correr pela chácara, terreno protegido por pinheiros, em finais de tarde úmidos de sereno, a pândega de quero-queros tristes dentro do rigoroso inverno e as lavagens dos porcos que a família faz com os restos que sobram dos restaurantes do bairro avisto, do outro lado da rua, as luzes neon do bar Pick Nick. por alguns segundos fico na dúvida se devo vir até aqui, mas venho. encosto no balcão, o lugar está vazio, a televisão mutada passa incansavelmente homens muito suados e musculosos, caras inchadas, agarrando-se, trocando socos. fico bebendo por algumas horas, cerveja, cachacinha, cerveja, o álcool percorre o sangue e vai se acomodando em meu corpo feito um afago de que há muito eu estivesse privado, minha carne relaxa, meus pensamentos flutuam com prazer. bebo não para esquecer, nem para tentar lembrar o menino que fui, a face lambuzada de açúcar, ceroulas muito usadas de invernos e os ternos afagos dos adultos. queridos primos, nenhum de nós pretendia nada, a viagem foi não partir, rasguei mapas, remontando-os depois pedaço por pedaço, meu lugar é não ter lugar aqui mesmo onde estou fincado. o endereço, a casa que há muito tornou-se impossível. uma franja de sol aos sábados bem cedo, acorda-nos afagando a ponta dos pés em conjunto com o arabesco gestual da minha mãe e suas distraídas interpretações do mundo. as chantagens e queixas do meu pai, são não mais que farturas à mesa do almoço. não sei bem que horas, saio do bar. o Pick Nick fica numa esquina triangular, nos fundos, uma rodinha de meninos com suas bikes e seus skates, fumam maconha. aproximo-me, eles me oferecem uma bola, não faço isso tem mais de três anos. um carro de polícia passa do outro lado da rua. chupo o baseado, devolvo, agradeço e saio caminhando a esmo. depois de algumas quadras, me escondo atrás de uma árvore e me alivio, as árvores são os seres da criação mais generosos, ajudam o oxigênio, além de dar frutos, embelezam a paisagem e deixam homens e cães mijarem nelas protegidos por suas sombras. escuto me chamarem, viro, procurando. só o poste de luz, a calçada, o muro. exausto, estou exausto. sou tomado por um brusco aturdimento, a cabeça tem o peso de uma bola de boliche, não estivesse grudada ao pescoço, rolaria longe, na sarjeta. chamam meu nome novamente, olho para a direita, ninguém, esquerda, atrás, nada, não é ninguém, só os paralelepípedos escorregadios. badala o sino da igreja em que as mulheres da família, às quartas-feiras, anos atrás, vêm para o grupo de leitura da Bíblia. meia-noite, passo em frente ao Imaculada. se é madrugada, como posso estar diante dessas duas meninas que conversam em pé, com fichários nos braços e mochilas nas costas? do lado de dentro do portão, ao fundo, estão as freiras sem outro destino. devo estar na Terra para cometer todos os erros e, talvez por isso, estou na porta do Clube Danúbio. entro e imediatamente sou remetido ao tempo em que Camilo é o rei deste salão. vive pilchado (bombacha, bota, boina, faixa na cintura, lenço no pescoço), mesmo não sendo gaúcho. tenho que estar trajado como o melhor, diz. o Danúbio é seu. e a nonna: os Brennelli sempre foram uns pés de valsa. mais interesse pelo vanerão que pela tarantela, o que não é nenhuma excentricidade entre os frequentadores. na época as paredes ainda não são revestidas por este papel de parede prateado, amassado, simulando um trabalho em gesso. no teto, luzes roxas e o estroboscópio. certa vez um grupo de dança insiste que Camilo tem de fazer parte. ele não quer. Camilo quer treinar cavalos, participa de provas de laço e tambor. eu sempre o acompanho às competições. por um tempo frequenta um CTG, mas como é o único que não tem a família envolvida, acaba por se sentir deslocado e se afasta. trabalho a semana toda cortando madeira, diz, no final de semana o que mais quero é treinar o Estripulia e à noite dançar minha vanera. Estripulia... a panela no fogo, Elza mexe com a colher de pau, depois pinga uma baba da canja nas costas da mão. então coloca um pouco mais de sal na panela e mexe. daí serve a sopa. o pão feito durante a tarde também vem para a mesa. tia Ruth diz: cuidar de um animal exige responsabilidades, uma criança como ele não daria conta, e mais, é dispendioso. no jantar os adultos deliberam. o nonno e meu pai acham que, para uma chácara com tantos animais, um cavalo a mais não fará assim tanta diferença em relação aos gastos. um cavalo pode até ser bastante útil, diz a nonna, até uns anos atrás nós tínhamos um cavalo, por que não agora? irritada com o entusiasmo de todos, tia Ruth implica com o barulho que fazemos para beber a sopa enquanto sorvemos as colheres. Camilo limpa a boca na manga do casaco e ela não se contém, puxa o piá com força da mesa: que agora ele vai ficar de castigo, que é um mal-educado, que se vocês querem ver esse menino longe dos estudos, no mundo da lua, tragam um cavalo para cá. assim vão, mãe e filho para o quarto. fica um silêncio ao redor da mesa. apenas o som da sopa sendo bebida. até que o pai levanta, limpa a boca no guardanapo e fala alto para tia Ruth ouvir lá no quarto dela: está resolvido, amanhã mesmo vamos procurar o cavalo do Camilo

na porta do Danúbio, o ônibus do grupo de música gauchesca Matieros estacionado. desde a morte de Camilo não venho aqui. pago e entro. devo estar bêbado demais. mesmo assim os seguranças não olham desconfiados para mim. não sou um rosto conhecido, nem sou alguém a se temer. vou na direção do banheiro, tropeço numa cadeira fazendo o maior escarcéu. dois vêm em meu socorro, seus rostos no entrecorte das luzes, precipitam-se sobre mim, pequenos, depois maiores, inflando como bexigas. você está bem? não queremos tumulto na casa. eles são só pressão. desculpem, eu estava distraído, eu digo. e então: será que um de vocês não me consegue uma bebida? não sou garçom, diz o mais baixo e invocado. o garçom já passa por aqui, diz o da cara de songamonga. os dois se afastam. vou ao banheiro, lavo o rosto e a boca na pia, bebo um gole de água, molho os cabelos, fito meu rosto no espelho. volto do banheiro, sento numa mesa. deixo um baldinho para você? não se lembra de mim, Dino? ele se afasta e me fita. não, não lembro. sou primo do Camilo. Camilo, Camilo... Brennelli, eu digo, ele não saía daqui. e ele: o que morreu? digo que sim com a cabeça. Dino abre um sorriso: por

67

onde tem andado, guri? há quanto tempo? uns dez anos, Dino. como vão os móveis? vão bem, respondo. não saberia explicar a ele que eu nada tenho a ver com os móveis. bom ver você, diz. bom vê-lo, Dino. desculpe, preciso servir as mesas. vai lá. ele deixa um baldinho comigo. quanto é? cinquenta. pago. ele segue, o andar manquitolante. Dino está velho, e ainda na labuta. longos anos carregando um cesto de vime com baldes de gelo e cerveja, cruzando o salão até às cinco da manhã. pego uma latinha do balde, sirvo num copo e bebo lembrando que uma vez Camilo vem com: Estripulia conversa comigo. que sandice é essa?, diz tia Ruth. é verdade, mãe. Camilo só não vai para o Danúbio com o cavalo porque já não existe lugar para deixá-lo no meio do tumulto dos carros no estacionamento. e porque ele é novo demais para boemia, diz tia Ruth. o nonno conta que na sua época muitos vão montados ou em carroças. ainda que mais novo do que nós, Camilo é quem nos ajuda a estudar para as provas do colégio. quando estudamos com ele, vamos bem. daí a cara-de-pau para criar um tatu lá nos cafundós da chácara, para além do galpão das festas, para além das lenhas que se acumulavam prevenindo o inverno. quando vendemos os cinquenta por cento do terreno, o tatu fica esquecido do lado vendido, um dia alguns pedreiros estão passeando por lá e se deparam com ele, não pensam duas vezes e começam a atacá-lo com pedradas, matam e depois comem a carne do tatu. Camilo fica revoltado, meu pai pega a espingarda, vai até a construção e avisa: quem se meter com qualquer pessoa da minha família, quem maltratar qualquer animal perto daqui, eu mato. e escuto a voz da minha mãe misturada às que chegam do condomínio vizinho sendo construído, perto de onde fica o chiqueiro da chácara, e o entulho de madeiras para uso na lareira, além de telhas apodrecidas, venezianas quebradas, cal empilhada, portas velhas torcidas. um mundo de 30, 35 anos atrás que entra neste mundo, mas este jamais entra novamente no anterior, nunca mais seus desenhos definitivos, pouco a pouco a sua carne mirra, embora tudo tenha os seus habitantes, mesmo o silêncio que cava no tempo o seu espaço e o impregna de vultos instáveis. a chácara está partindo de mim, nuvens avançam, as manhãs de céu azul e geada, o vento balança os galhos no quintal em que o cachorro foi enterrado. Camilo também está morto. inventando de adiantar um serviço para meu pai, chega antes do restante do pessoal na fábrica e tem o corpo mastigado por uma serra elétrica. não sei como acontece, ninguém jamais saberá. a assassina serra circular corta seu braço, entra pelas costelas, chega ao abdômen, rompe a alça intestinal, atinge o pâncreas. a dor e a hemorragia o matam em minutos, nada pode ser feito. vejo ainda seu corpo destroçado sendo carregado para a caminhonete, com seu velho pulôver azul feito pela nonna. Tadeu é quem logo vira o braço direito de meu pai e depois passa a dirigir a Móveis Brennelli. depois que Camilo parte, tia Ruth entra numa espécie de transe de quem está fisicamente presente mas com a cabeça flutuando no espaço da ausência. Estripulia também está morto,

Camilo fica muito mal quando seu cavalo o abandona. todos ficamos. o cavalo tem um defeito irreparável, um vício, ele passa a vida engolindo ar, cola a boca em tudo como fosse morder e puxa o ar com vontade. e vai enfraquecendo, esfaimado, nega a ração. nem os tomates com açúcar de que tanto gosta lhe interessam agora

numa manhã de agosto Camilo acorda e, ainda de pijama, sem tomar o café, nem escovar os dentes, corre à cocheira. lavo o rosto e os dentes, me troco rápido e vou atrás dele. Estripulia está deitado. o pescoço esquálido, retorcido. faz frio. Camilo corre ao quarto, da cama ainda desarrumada traz um cobertor e coloca sobre o corpo do cavalo. ficamos paralisados por algum tempo. então Camilo, chorando: ei, totó. os olhos do animal já não olham para lugar algum. as orelhas não ouvem mais o chamado. até que as varejeiras chegam para completar a despedida do cavalo. mais tarde, com a ajuda de meu pai, o enterramos nos fundos da chácara. à noite, diante do altarzinho da sala, mais pelo neto que pelo cavalo, a nonna reza. o que tem ritmo de sangue não é esquecido. o que ama mais que a pretensão não é esquecido. depois de um tempo, Dino volta a ter comigo: e Elza, como vai Elza? vai bem, respondo. que bom, que bom, mande lembranças, para ela e para a menina. mando sim. não conto que sua filha Mana está hospitalizada. ele me diz um: obrigado, até mais. e vai embrenhar-se pelas mesas do Danúbio. Dino, o pai fugido de Mana, o fugido namorado de Elza. algo em mim, de repente, querendo que não, que eu não conhecesse este homem, que ele fosse apenas um velho que, provocado por mim, aceitou ser chamado de Dino, aceitou me iludir quanto a ter conhecido minha família e ser o pai biológico de Manoela. penso: nunca nos vimos antes, nunca mais nos veremos, apenas estou aqui, sentado nesta mesa de pista, olhando os casais dançarem. uma chinoca mais bonita que a outra, diz a voz de Camilo. passo a mão suavemente sobre a toalha branca, em que lugar da cidade higienizada e descartável ainda se usa toalha de linho branco? me detenho na banda, o gaiteiro canta, uma típica voz empostada, o grupo todo vestido a caráter. na pista, os casais giram, os marmanjos batem os cascos no chão. um gordinho se mexe de um jeito engraçado, ele não dança, anda na pista ao ritmo da música, conduzindo a acompanhante. um italiano bêbado vem convidar a morena da mesa ao lado. acabei de dançar quatro seguidas, preciso descansar. o italiano sorri, agradece, vai procurar outro par. mulheres vestidas de prenda bailam umas com as outras. e os homens em bombachas e botas. após tantos anos, aqui está ele, o Urso, junto com este baixinho ruivo, sem um pelo no rosto, excessivamente sardento. e novamente já não sou um desses que apanham no colégio e um dia se transformam graças, por exemplo, à informática, num sujeito rico, morador de apartamento amplo e impessoal, com todo tipo de aparelho tecnológico embutido nos armários. na época da escola me sinto burro e feio. até que o Urso, transferido de outra escola, vem para a minha sala. ele usa óculos fundo de garrafa, tem os dentes da frente separados, tem tetas, penugem de bigode e costeletas querendo ser barba, sua no sovaco e provoca certa repulsa nas meninas. o que esperar dele? ao menos que tire boas notas, que esteja entre os primeiros da turma. o Urso está longe disso. eu não tenho aptidão para o futebol. e na escola, entre os meninos, o futebol é o que de mais importante existe. você só é alguém se corre, dribla, marca gol. nem eu e tampouco o Urso nascemos para a bola. também não somos dos que passam o recreio jogando bafo e malho com bola feita de meia no pátio ou, depois do último sinal, na calçada em frente ao colégio, num empurra-empurra, arremessando bolinha de papel nos outros, exibindo-se para as meninas, elas todas fofoquinhas com risadas, as mais assanhadas arriscando breves tchauzinhos e os piás se excitando, dando soquinhos nos braços uns dos outros. e lá estão os adoradores de futebol, os mesmos barrigudos que hoje, aos domingos, vão bêbados berrar na Baixada e no Couto, levando os filhos pelas mãos sem dar para o mau exemplo que são, insuflando ódio pela torcida oposta. às vezes me refugio na capela do colégio, não para rezar, mas para conseguir um pouco de silêncio, ou fujo para a biblioteca. minha atividade escolar jamais me trouxe qualquer segurança, meu método é fazer hora sem me cansar demais até o toque do último sinal, quando a manada dos alunos avança derrubando carteiras, cruzando os corredores, os piás do quarto ano atropelando os do terceiro, os do terceiro atropelando os do segundo, que por sua vez chegam de rodo de encontro aos do primeiro. mas dessa vez estou arrependido de ter provocado o professor até o ponto de fazê-lo perder a cabeça e me dar um sermão com perdigotos grávidos de palavrões e até um giz jogado com fúria em mim aos gritos: seu impertinente, se seus pais não lhe educam, educo eu. mas não fiz nada, professor. e ele: não me retruque, para fora. mas professor. sem mais nem menos, fora. e aqui vou eu passar a hora do recreio de castigo, sem direito a lanche, na sala dos professores. o Urso, que tira tatu do nariz o tempo todo e faz bolinha, coça o pau e a bunda e cheira, é o meu único amigo na época da escola. ou quase amigo. agora olho para ele, ele não é desse mundo, então como pode ser desse mundo? ele e seu escudeiro baixote, o outro, pernas curtas e redondas de elefante, certamente não chegaram lá. também eu não cheguei. eles devem ter os seus trabalhos. eu tenho o meu está entrando no banheiro e ligando o chuveiro, tirando pulôver, camisa, calça, cueca, tomando um banho quente e demorado. a água vai pelo ralo em direção aos esgotos da Praça Osório. ele se olha no espelho: cabelo e barba enormes. respira fundo, se enxuga, a cabeça dói, vai para o quarto, veste o pijama. volta para sala, cogita ler um livro, há vários comprados em sebos, dividem espaço com latas de suco e embalagens de comida pretensamente saudável, exceção é a pizza. por que deixa a janela aberta? senta no sofá, vive nesta nave vermelha pilotando a televisão, ora roncando baixo. estático, quase não respira. os olhos fechados por um longo tempo, então abre e volta a fechar as pálpebras, mínima e árdua ação. porém, o mundo ainda acontece. teria de ir ao banco para as contas de água, luz, gás, mas não poderá fazer isso amanhã. raspa a unha no visor do celular, a vibração da mensagem: 10 horas, no meu escritório. drogado de sono, está quase dormindo sentado, igualzinho ao avô nas tardes de sábado. a urgência não tem escolhas, por isso é burra. e ele? é como os pombos da Praça Osório tateando o chão. não está tranquilo. levanta, vai até a janela e então aquela sensação de estar oprimido. olha seu reflexo no vidro, encara-se com uma seriedade enervante. tem uma aparência destruída, precisa cortar o cabelo, fazer a barba. há tanto por fazer. se bem que pode lavar a louça outra hora, arrumar depois a bagunça do quarto. o apartamento precisa de uma faxina. o frio agulha sua pele três e meia da manhã, entro no carro sem perguntar aonde vamos. o Baixinho exala um perfume que se mistura com o mau cheiro vindo do bafo do Urso. o Urso, dentões crescidos para fora da boca, dirige, a mão peluda troca de marcha, segura a direção. a Manoel Ribas agitada, dos grandes restaurantes saem casais, turmas, mulheres com trajes de gala, homens em smoking, época de formaturas universitárias, festas de debutantes, alguns casamentos. muitos restaurantes de Santa Felicidade se prestam bem a isso. agora estamos numa barraca de cachorro-quente, que fica ao lado do restaurante dançante Toscana. respiro com dificuldade. mulheres emperequetadas saem do lugar de minuto em minuto, com seus pares de cabelos bem aparados, bêbados, sem qualquer glamour. sento no meio-fio, o Urso senta ao meu lado. mastigo o meu cachorro com calma. ele não para um minuto de falar, simplesmente não presto atenção. o baixote fica em pé conversando com o sujeito da barraquinha. no tempo em que como um cachorro-quente, o Urso devora dois. depois, o Baixinho paga a conta de todos nós, abre o carro: vamos. entramos, o carro arranca. a voz do Urso é grave, áspera, até que, no meio de uma frase, abrupto silêncio. curva-se para frente e com as mãos protege os olhos, esmagando-os com os punhos. quando ele tira as mãos, no rosto balofo, duas pedras vermelhas que não param de lacrimejar. ele volta a falar, mas agora sua voz traz junto um ruído misturado que, conforme seu humor vai se alternando, a bocarra escancara e transforma num guincho. e ele não cala a boca: parece razoável, pensa só, você ganhando sem se preocupar, todo mês pim, que nem mágica, vinte mil na conta, se acontece um troço desses comigo, chamo três gurias dessas que vêm sei lá de onde. ele fala e suas orelhas parecem bem maiores, cobertas de pelos, a barba ruiva mais cheia e grossa. eu chamo várias putas e digo você é a da segunda e da quarta, você terça, quinta e sábado, você sexta-feira e domingo, podendo variar conforme a minha vontade, tá, cada uma vai ganhar uma ajuda de custo de mil e quinhentos, e não vou querer exclusividade, nos dias livres podem relaxar, do mesmo jeito que pim uma vez por mês na minha conta os vinte mil, na delas também pim os mil e quinhentos, entende. é sempre assim, num sábado de manhã, um amigo do nonno Breno que vem fazer o aperitivo, pergunta: já foram na zona? e nos explica como fazer. é chegar lá e dizer que ele nos indicou. na sexta-feira seguinte Tadeu vem com a proposta. topo, eu digo. convencemos Camilo e vamos. o puteiro funciona num sobrado antigo. numa rua bastante arborizada, quase campestre. a sala carpetada cheira a sopa, madeira e umidade. as mulheres ficam espalhadas nos sofás, lixando as unhas, contando que os filhos pegaram uma virose, perguntando dicas de outros trabalhos, sonhando voltar para o interior, enquanto esperam os clientes. os clientes são os amigos dos avós, o dono da panificadora, o barbeiro, os garçons, etc. e os jovens que vêm perder a virgindade. uma delas vem conversar comigo, seu nome é Françoise, simpatizo com ela. na época passa uma novela na tv, o ator principal, por quem é, segundo suas próprias palavras, abobada, tem este nome: Françoise. com sua identidade de guerra, ela quis homenageá-lo. seu olhar me perturba um pouco, mas estou fascinado por ela. seus amigos subiram, só falta você. são meus primos, eu digo. ela sorri, bonita, olhos e cabelos marrons, a franja cortada reta, pele morena. levanta, entrou numa porta, em instantes volta carregando uma toalha. na outra mão, a camisinha. engancha o braço no meu e me leva para o segundo pavimento. é um quarto com pouco luz, tem duas janelas fechadas, com cortinas vermelhas, muito gastas, cheias de remendos. o ar é rançoso, há um cheiro misturado de talco, suor, gosma. vou me lavar e já volto, diz e sai. fico esperando, sentado na beirada da cama, acaricio a colcha de estampas floridas. há uma cadeira de madeira no canto e uma mesinha ao lado da cabeceira da cama com um rolo de papel higiênico em cima. e só

a narrativa do Urso vai me nauseando. não consigo prestar atenção em mais nada, a não ser em seu nariz de mucosas arreganhadas, no maxilar agora mais quadrado e na boca ainda cheia de dentes tortos, enquanto ele: é um bom salário, com setecentos alugam um quarto razoável, numa região central, sobram oitocentos para fazer o que der na telha, ainda tem o que vão tirar por fora, é uma vida boa, tem os jantares, as festas, shopping. eu não estou com medo, não estou afobado. ela entra no quarto se enxugando. eu não sei bem o que fazer. ela coloca a toalha na cadeira. baixinha, bundudinha, peitinhos. pele lisa, macia. peitos empinados. pelos, nem demais, nem de menos. lindo o que vejo. não vai tirar a roupa? senta ao meu lado, afaga minha nuca e me dá os peitos para chupar. levanta. levanto. ela me ajudou a despir, meio espavorido, a roupa. vem, deita aqui. deito e ela vem. delicada, começa a me punhetar: está gostoso? e beija meu torso, o rosto, pescoço, barriga. vai descendo. as coxas. exímia, me abocanha. primeiro lenta, depois sôfrega. para, alcança a camisinha no criado-mudo, rasga o envelope. volta a me chupar, coloca a camisinha sem a ajuda das mãos. me come, vem. e deita, a fenda exposta. pulsando, vou por cima. a língua, os dentes nos mamilos, o nariz nas axilas. sexo imaturo. meu corpo de animal ainda jovem e meio sem jeito. calor nos pés, formigamento. o coração aos arrancos, o sangue pólvora acesa. as mãos ardem. suo embaixo do pescoço. o animalzinho e a deusa. quero xingar para excitá-la como vi em filmes pornôs, mas essas coisas não são fáceis de dizer, xingamos com mais impacto e verdade quando brigamos do que quando fazemos amor, se é que o que fazemos neste momento pode ser chamado de amor. é um sem boca dentro da boca, sem dente contra dente. a paixão é um aprendizado, como gozar praticando a matemática ou o xadrez. eu ia para frente, para trás, cada vez mais rápido e com força. até que gozei e desci de cima dela. ela tirou a camisinha de mim e deu um nó colocando o plástico com a gosma na mesinha de cabeceira. pegou o rolo de papel higiênico e desenrolou um pedaço, dobrou e me limpou. lento, me segurando no corrimão, com as pernas fracas, desço a escada e dou de cara com meu pai. ele as está cumprimentando, beija cada uma das cinco mulheres com um selinho. Françoise desce alguns segundos depois de mim, sorri quando vê meu pai e vai na direção dele. meu pai dá um beijo na boca daquela com quem justamente acabo de perder a virgindade, e é um beijo demorado como o tempo das paixões. o lugar cheira a algo podre, a umidade. sinto-me encolher, ficando do tamanho de sei lá o quê. deve haver qualquer coisa em minha expressão que assusta meu pai, mas ele não recua. estou mudo, mas meu corpo é ferroado por dentro. no sofá bege manchado de vinho estão meus dois primos se entretendo com suas *namoradas*. saio dali, ganho a rua, o dia está nublado, choveu demais é há barro nas calçadas. sei que esta tarde não vai acabar. algumas horas depois, já estou na cama, ouço a porta da frente ranger e as passadas dele pela sala. no meio do caminho peço que o Urso encoste o carro, desço e tenho um acesso de vômito em meio às reclama-ções deles. do meio do meu vômito, digo: diabo, filho da puta. e o Urso: pois não. limpo a boca com a ponta da camiseta. volto para dentro. eles são burros demais para ser cruéis. o carro estaciona. está um pouco cheio, não acha?, diz o Urso para o guardião no pátio. não está não, são só os carros das meninas. então tem bastante menina hoje? pergunta entre o animado e o debochado. uma mais linda que a outra, diz o guardião. desço do carro e bato a porta com mais força do que é preciso. O Urso e o baixote me seguem não sabe em quanto tempo o efeito do comprimido, apenas que agora suas forças vão lhe abandonando mais rápido. a respiração pesa, o sono começa a dominar todo o ambiente, dentro e fora dele. quer definitivamente parar por aqui, mas não pode, simplesmente não pode. tudo é uma afronta, como no período de um pouco depois da época das bermudinhas pretas, ele já mais crescido, descalço no inverno. e então a avó, nervosa, para a mãe: olha o menino pisando no chão gelado, Gica, vai ficar doente, o peste. as imagens começam a lutar entre si num território amplo, sem limites, e este território é a sua cabeça. vê a avó junto da sua sepultura, anciã e deteriorada. tudo é uma afronta. a avó que nunca pode decifrar, se boa, se má, com seus olhos tão claros, suas mãos leves. gostava da textura de sua pele. gosta da textura do pijama de flanela, nada mais guarda o seu cheiro que este pijama. nunca gostou de usar roupas limpas,

nunca gostou do cheiro do sabão em pó.
quando piá escondia as roupas para que
Elza não as lavasse, como se sem elas e
seu cheiro ele nunca mais pudesse saber
quem é. quem? quer tanto lembrar, lembrar tim-tim por tim-tim, mas percebe
que lembrar é só a distração do esqueci-
mento e a vida não tem de jeito nenhum
como ser assegurada por aí

no balcão, uma turma de marmanjos rodeados por garotas. a prateleira com um espelho enorme ao fundo cheia de garrafas. no enorme sofá preto, alguns casais. uma velha jukebox toca o mais novo sucesso sertanejo. uma mulher vem nos receber, todos se conhecem, o Baixinho é logo rodeado e sorri. outra mulher vem falar comigo: você eu nunca vi. é a minha primeira vez aqui. senta, fica à vontade, bebe o quê? cerveja. ela vai buscar, fico sentado, olhando o movimento. o leão de chácara careca atrás do balcão, a velha loira, certamente a própria Loyde referida na placa da entrada. a mulher volta com a cerveja, ela senta, pega na minha perna: vamos fazer uma festinha? estou devagar, vim só beber um pouco. olho para meus amigos no balcão e sua frenética ação. o Urso coça as partes de baixo, depois, não para de coçar o nariz e cheirar o dedos polegar e indicador. as mãos gordas agora ainda mais peludas, a pele do rosto vermelha, cheia de veiazinhas à mostra. a maioria dos demais clientes são homens gordos como o Baixinho, trinta e poucos, quarenta anos, calvos, uma gente desleixada, entregue aos churrascos de sábado com a turma da empresa: coloquei a costela no fogo às sete da matina. boa parte deles deve ter esposa e filhos, carro na garagem, macarronada de domingo na casa da sogra. de repente, entre estas almas sem luz que se divertem, vejo claramente, é o diabo. confirmo com o Baixinho dizendo: joga uísque bento na cara dele que ele se acalma. e gargalha o Baixinho. daí levanta a camisa polo e mostra o calombo de uma hérnia na barriga: isto não é um fígado, não é um órgão do meu corpo, é um ser vivo movido a álcool que mora em mim. risadas e risadas. as bocas cada vez mais úmidas e largas, as línguas cada vez mais à mostra. o Baixinho e o Urso são explicitamente depravados. as tetas das mulheres são brinquedos nas mãos deles, fazem *fom-fom*, balançam, apertam, as mulheres erguem a camisa, descem o sutiã e eles dão lambidelas e beijos, enquanto enfiam o braço inteiro no meio das coxas delas. o cd da dupla sertaneja roda sem parar, está no topo das paradas. a mulher ri de tudo o que falo. e eu em seu ouvido: quero que dance para mim. por que não? ela diz. ótimo. vou trocar de roupa, já volto, não saia daqui, gostoso. ela levanta e vai na direção dos quartos, vou até o balcão, peço uma terceira cerveja. o baixinho da minha turma diz alguma coisa que não entendo. respondo sorrindo com um aceno de cabeça. volto para a mesa. o ambiente tem um cheiro de gosma e mofo. a mulher volta vestida com um figurino de policial safada, escolhe as músicas na jukebox e me leva pela mão para a sala vip. dança tirando lentamente a roupa, eu a beijo: as coxas, a barriga, a lambo por cima da calcinha. me deixa fazer mais do que é permitido pelo preço de um strip. vamos para outro lugar, sussurro. só posso sair depois que a casa fechar. a que horas? às quatro. o leão de chácara careca entra na sala: acabou o tempo. ela recolhe as roupas e saímos. já volto, ela diz. encontro meus amigos, peço outra cerveja, sento na mesma mesa com eles, bebo. ela volta, levanto e vou sentar com ela no sofá em busca de privacidade. conhece o posto que fica lá no alto? pergunta.

qual? aquele do lado do viaduto da Rodovia do Café. ah, sei. boa parte da minha adolescência vivi vindo de Santa Felicidade para o São Brás, de bicicleta, me aventurando quando os dois bairros ainda preservam características rurais. meus amigos têm cavalos em casa e saímos cavalgar por toda a região, Camilo com o Estripulia, num tempo em que a estrada do Contorno Leste ainda está começando a ser construída. a gente galopa à vontade nela, em sua imensidão ainda de terra. pago a conta e me despeço de todos. aonde vai? quer saber o Baixinho. já passou da minha hora, falo num tom antipático, preciso mesmo ir, digo e vou. eles não me acenam com entusiasmo. não falei que o senhor ia gostar? é o guardião do pátio. obrigado, a casa é muito boa. e vou deixando o pátio com o guardião decepcionado por eu não ter nenhuma gorjeta para ele

caminho por um São Brás ermo em direção ao posto. estou num ponto em que o álcool me deixa extremamente paranoico, sei que estou prestes a me precipitar num abismo. e estou bebendo mais uma cerveja comprada na loja de conveniências quando o táxi chega. o vidro desce, é ela dentro. entro no carro. para onde? pergunta o taxista. Françoise indica o caminho. ele vira à direita no viaduto e desce a rua entrando na Rodovia do Café. ele tem o pé pesado. sorrindo, meio sem jeito, peço que não corra demais. não adianta, ele voa baixo. volta e meia nos olha pelo retrovisor se mordendo. estou sentado do lado direito do banco de trás, de onde posso ver o perfil de seu rosto. está claramente cheirado. anda mais ou menos dois quilômetros e vira à direita fazendo um balão. estamos no Contorno Leste. amanhã prometi levar meu filho no Shopping Muller, ela diz. isso soa como se fosse um compromisso ao qual ela espera que eu vá. ela está convencida de que existe uma ligação forte entre nós. fico quieto. e já estamos num novo viaduto. ela pede ao taxista que dobre à direita. onde estamos?, pergunto. no Caiuá. uma infinidade de predinhos populares, todos exatamente iguais. ela vai guiando. aponta à esquerda com a mão esquerda e diz ao motorista que vire à direita. aponta à direita e diz que vire à esquerda. o motorista se guia pelos gestos, não pelas palavras, ele não podia imaginar que no mundo ainda existem pessoas que não sabem o que é direita e esquerda. quanto mais para dentro do bairro avançamos, mais enjoado fico. estamos em frente a sua casa, pago o taxista e descemos, entramos. a primeira coisa que noto é o cheiro, um cheiro forte de incenso. ela acumula mil coisas nas paredes e no chão, umas em cima das outras. um único cartaz, à cabeceira da televisão, com a imagem d'*O olho que tudo vê*. atualmente muito difundida no universo evangélico, a imagem é o Olho de Hórus, um símbolo de origem ocultista. sobre a mesa há panfletos de divulgação de uma festa: Night Gospel, Comunidade Evangélica Aliança com Deus – venha curtir muita música eletrônica, funk e hip-hop. onde é o banheiro? ela acende a luz: ali. corro para o banheiro, arrio as calças sentando no vaso e me alivio. começo a tremer, o banheiro fica no Polo Norte. um tapetinho de cor indefinida cobre o chão. a parede do fundo, ao lado do bidê, pintada de um verde pantanoso que só consegue avivar a sujidade das outras três paredes pintadas no que imagino ter sido um tom de baunilha. há escovas de dentes, toalhas, cremes, esponja, uma touca. me limpo bem. lavo as mãos. saio do banheiro. bato a porta um pouco forte. psiu, meu filho está dormindo. iniciamos as carícias. ela diz: feliz aniversário. nem mesmo me pergunto como ela sabe. agora já estamos despidos, nos beijamos, chupo os peitos e a boceta. não consigo ficar duro. meia bomba, tento a penetração, não dá, desisto. ela pede licença e vai tomar banho. visto a minha roupa. ela volta. tiro da carteira duas notas de cinquenta e dou para ela. ela veste um pijama. ela fuma. está frio. deito no chão. não estou coberto. espirro. e espirro. apago. e apago. e então estou numa tarde filtrada pela moldura da janela. atravesso a sala abarrotada de convidados me cumprimentando pelo meu aniversário. parabéns, felicidades, tudo de bom. a luz do sol abre uma vala no chão cortando a sala ao meio. as pessoas entram nela, passam, saem ilesas do outro lado na direção da mesa com os salgadinhos. há muita gente me prestigiando. gente esquálida, sem olhos, só dentes. sei que tais presenças são uma breve fuga. vieram comemorar comigo. não consigo não chorar e nem chorar. escuto ao longe risos, falas abandonadas na tarde, cadeiras arrastadas. mesas com muitas garrafas e copos em cima. e os pratos com uma sobremesa mais deliciosa que a outra. por que de repente todos estão em silêncio? alguém prende a barra do vestido que se rasga na porta do lavabo quando vai fechar. por que não estamos rindo ou acudindo em seu socorro? agora há este calar fundo que os vivos só fazem diante dos mortos. o cheiro das flores sobe pelos móveis e, misturado à umidade, se torna irrespirável. a vala que o sol emoldurado pela janela desenha no chão está se fechando sobre o tapete do canto. o ar, imundo, me faz muito mal. não existe em todo o planeta lugar que seja mais relegado, mais banido, mais desalentado do que esta sala que me faz meticulosas acusações, que indaga a minha culpa apática. minha pele envelhece numa velocidade vertiginosa. os convidados me olham com expressões rígidas. minha saúde, como está a minha saúde? vão embora daqui, vão, sumam, fora. já não tenho gosto algum pela vida social vai para o banheiro, assoa o nariz com a água da pia trincando, enxágua o rosto, não acende a luz, olha-se no espelho, tão distante dos porta-retratos. deve ser o quê? e o que tem de seu? sua imagem borrada e os borrões de rostos que acreditou ter visto dias e dias seguidos. gosta do cheiro das árvores molhadas, carregadas de mimosas (mas se não há mais quem as colha – caem no chão, enquanto apodrecem, passarinhos vindo bicá-las), mas não da madeira. memória olfativa, o que exala da madeira o nauseia. vai para o quarto, o gosto áspero da madeira na boca. não deixou de roer as unhas. a luz no apartamento é uma mínima brasa acesa, quase nada ilumina. só a parede bege e úmida emite um nada de luz. de resto, tudo é escuro e escuro, mas ele está vivo já estou acordado mas durante alguns minutos permaneço de olhos fechados sem conseguir abrir as pálpebras, mais pesadas que meu corpo inteiro. nem sei se acordo. a cara redonda de um rapaz me olha fixamente. levanto. a cabeça pesa, esfrego os olhos. o rapaz é meio gordo, agigantado. sua mão faz um gesto de tchau. me arrasto até o banheiro, mijo. jogo água na cara, enxáguo a boca. espremo a pasta no dedo e escovo os dentes com força. volto para a sala. o rapaz é um gigante de mais de dois metros, com uma cabeça enorme. tudo bem? ele continua me encarando, sorrio, ele permanece com a boca mole, meio aberta. o Gigante se parece com aqueles meninos com síndromes. sua mãe dorme babando no sofá, ronca. noto os fios brancos em seus cabelos e o corpo cadavérico. ontem ela era uma gostosa, hoje isto. pálida, envelhecida, respira mal, de boca aberta. *La dolce vitta* nos engole a dentadas. olho o relógio em seu pulso, não sei ver as horas, é algo que desaprendi. vou até a sua bolsa, pego o meu dinheiro e mais duas notas de 50. abro a carteira de cigarro, tiro um e acendo. eu que não fumo, fumo. o rapaz assiste, nada diz. não tenta proteger a mãe. não fosse você esta mulher, mas outra. e então se pudéssemos nos encontrar na vida, para que pudéssemos, se você fosse outra mulher, não esta, eu prepararia roteiros de elogios. e perguntaria se o seu marido cuida bem de você. e se vocês fazem amor do melhor jeito. e se você sente saudade dele no verão, quando fica a semana inteira sozinha com os filhos no apartamento do litoral. e meus sobrinhos, você fala de mim para eles? a menina, você já está se vendo nela? mas não, você é esta mulher feia e desconhecida dormindo de boca aberta no sofá, com este filho bizarro me olhando, não como eu fosse um pai, mas um bichinho de estimação. talvez. a porta está trancada, procuro e não encontro a chave. abro a janela e, num esforço, saio por ela. já do outro lado, sem virar para trás, saio e saio. não tomo sequer um copo d'água, saio. e saio. saio da casa. caminho, espirrando, a mão no bolso aplaca uma dor vagamente enjoativa e sexual. estou exausto. tenho pressa de sair deste lugar. quero sair deste bairro. não gosto do aspecto destas ruas. sei que estou longe de tudo, longe de mim. subo a rua torcida, serpeante, sinuosa, vazia e desalentada. a fumaça da respiração diante das narinas. os vapores da terra levantando do chão fazem com que tudo pareça meio mole, prestes a desmanchar. caminho pelas ruas do Caiuá, o frio bate em meu rosto, nas pernas. os tênis estão úmidos. ainda está escuro. mais do que agitado, num frenesi, caminho. e é como se a matéria do que sou feito aos poucos fosse me abandonando, estou mais fraco do que nunca. a respiração entrecortada no ar gelado. sei que estou fugindo. o frio fere meu rosto e as mãos. o coração faz tac tac tac dentro da caixa torácica. o vento bate nas copas das árvores, o tempo zune, farfalha. algo convulsa na manhã escura. meu nariz escorre. tusso. quando dou por mim estou numa rua de barro. não há uma casa sequer por perto. a rua é ladeada por barrancos que vão crescendo, se avolumando com velocidade. sufocam o trajeto. a chuva aumenta e provoca leves desabamentos, feridas que vão sendo abertas no barro. o caminho é escorregadio, o barro quer me impedir de avançar. meus pés estão cobertos, pesados. tenho barro no rosto, nas costas. o corpo dói. devo de estar cruzando o fundo de um abismo. meu corpo agora é uma fronteira entre a carne e o barro, como se a construção divina do homem se desmanchasse retornando para a mesma matéria com a qual foi feita. estou num esmagamento. o chão em que piso parece afundar levando minhas pernas cada vez mais para dentro. fixo por algum tempo um ponto onde a silhueta do Gigante é persistente. depois, procuro olhar atentamente para algo que me ajude a descrever o lugar em que estou, mas tudo no bairro me escapa. o movimento de pessoas e carros é mínimo. enjoado e suando, chego à rua principal. o frio piora com o vento que não cessa. paro no terminal, sento esperando o ônibus, ficando de frente para a longa distância que percorri. ergo a gola da japona. mãos nos bolsos. espero. um cavalo montado por um menino pilchado passa por mim. e o menino, segurando a aba do chapéu, baixando um pouco a cabeça: bom dia. e eu: bom dia. ele tem um cigarro entre os dentes. cachorros longe latem o sangue das veias. um simbolismo impertinente, fora de época, encontrar o fantasma de Camilo acenando feito me dissesse uma reza. não, não é Camilo, não pode ser. o sábado vai amanhecendo lentamente. uma força desconhecida me leva para frente. dor de cabeça. não sei o que fazer, nunca vou me decidir. sinto um empurrão, continuo. não passam carros, transeuntes não passam. um homem idêntico a mim atravessa e me olha, meu blusão está rasgado, as meias molhadas, os sapatos pegajosos. olho minhas mãos, murchas, têm cor de musgo. sacudo a cabeça pretendendo limpar a minha imagem do meu campo de visão, e consigo. o vento abala o voo dos pássaros fosforescentes dentro da neblina. só agora percebo que alguém me espia. alguns minutos, contrastada pelo sol que começa a aparecer, uma silhueta se aproxima. faço uma viseira com a mão, pisco e a silhueta já está diante de mim. é o Gigante. o que está fazendo aqui? volte para casa, ordeno. ele permanece em sua passividade. vá embora, grito. nada. não sei dizer se ele sorri mas há algo demente em seus lábios. o garoto monumental me esquadrinha da cabeça aos pés. desisto, fico quieto. ele senta no banco ao meu lado. faço que não o conheço. na manhã ainda deserta, o ônibus chega. preparo a fuga, com passos rápidos subo os degraus. o Gigante vem atrás. ele também não deve ser desse mundo. me viro e começo a estapeá-lo: sai daqui, vai embora. ele não se defende nem está alheio. ri mostrando uns dentes muito separados, amarelados. ele quer subir atrás de mim. chuto, acertando seu peito com a sola do pé, fazendo-o cair de bunda na calçada. está louco, rapaz, grita para mim o motorista. faço que não escuto e vou sentar nos bancos dos fundos do ônibus. do seu posto de motorista, sem tirar o cinto, ele mantém a porta aberta e se dirige ao Gigante: está tudo bem, menino, não se machucou? você não fala, vai ficar aí parado? o motorista o ajuda a se levantar e o Gigante sobe. o motorista volta para o seu lugar e coloca o ônibus em movimento. estou sentado mais ao fundo. o Gigante fica em pé, no meio do ônibus, me furando com os olhos. no caminho, flashes de lojas de tudo que é coisa, agências bancárias, igrejas evangélicas revestidas com vidros espelhados. conversões à esquerda, à direita, semáforos, freadas bruscas, acelerações nas retas. o motorista dirige de modo agressivo. um vento, sopro de desespero, metálico falsete rasgando o silêncio

o Gigante, a sua cara de bobo maravilhada, batendo sempre as mãos inchadas uma contra a outra, entra atrás de mim no hospital. indago qual o número do quarto da paciente Manoela Brennelli. a recepcionista certifica-se da minha identidade, o mesmo sobrenome da paciente. pedem que eu e meu filho coloquemos os crachás. e nos indicam os corredores. subimos a rampa cercada por paredes cor magenta. estamos em frente ao quarto 333. passa uma enfermeira dizendo agora é o horário de tomar sol, a senhora só vai comer de novo às 11 horas, empurrando uma cadeira de rodas com uma mulher muito velha nela. digo ao Gigante: você não vai entrar, espere aqui. espero um tempo a mais diante da porta fechada até que uma enfermeira, o rosto idêntico a que empurrava a cadeira, sai de dentro do quarto, dando-me licença para entrar. o Gigante, um tanto exaltado, fica no corredor. a enfermeira encosta a porta. você está branca. há curativos em seu rosto que jamais voltará a ser o mesmo. você levanta da poltrona com dificuldade. vem até mim dando curtas braçadas no ar, procurando talvez o modo como começar um abraço há muito não praticado. seu corpo me encontra: que saudade, diz e tosse. me afasto um pouco, estudo suas feições, os cabelos curtos, escassos e secos, seu rosto retalhado e amarelecido, os olhos vermelhos. não há lágrimas, só o vermelho. agora estamos mudos. estou diante de uma estranha. as cortinas fechadas. não há palavra que não venha fragilizada pela sua condição. você tenta deitar na cama. tem dificuldade, faz uma cara de dor e coloca a mão na costela. estou ficando mais alto. me aproximo para acudi-la. um pouco desajeitado, pois estou mais largo e maciço. levanto suas pernas e, com cuidado, pouso-as na cama. uma descarga de adrenalina no meu corpo. ajudo você a se ajeitar. você me puxa mais para perto: obrigada. quando vejo estou sobre a cama, quase não cabendo nela de tão grande que estou. vou me encaixando em suas costas. e baixando a calça apressado. beijo sua nuca. por baixo dos odores de remédio, meu nariz reconhece o sabonete na pele. não me contenho, estou duro, levanto a camisola. você está sem calcinha. sussurro: Mana. não, este não é meu nome. você me olha sem entender, experimenta meu rosto com as mãos, a barba de pregos, suas pálpebras se descontrolaram um pouco, diz meu nome e meu nome também é outro. você me chama por esse *quem sou eu*, pergunta se quem está em sua frente é o de sempre. quem então? nem mesmo seu homem. mas eu: quem você quer que eu seja? sim, outro, ela diz. contraio o rosto apertando os olhos para segurar a cólera das lágrimas. menos amarga, ela diz: você não é, mas está aqui. não sei se a escuto falar. não, não escuto. mesmo assim coloco minha mão em sua boca e me enfio em seu corpo inerte. o ritmo primeiro é lento e compassado. depois, mais forte. e então rápido. ela geme, misto de dor e contentamento. um tempo depois, me espremo. e aí, arrefeço. saio da cama ajeitando a calça. tudo é lento, lento e lento. ela não se mexe, ajeito a camisola cobrindo sua bunda e as coxas. saio do quarto e pergunto ao enfermeiro que passa: quanto tempo ela ainda vai ficar? ele encolhe os ombros e deita um pouco a cabeça para a esquerda lamentando. e então eu: você viu o Gigante? ele dá de ombros. o menino grandão, você viu aonde ele foi? só agora, com o enfermeiro colocando a mão em concha ao redor do nariz e desviando um pouco a cabeça para o lado, sinto o meu cheiro. estou fedendo a cachorro molhado. saio do hospital desde que Tadeu anuncia que vão definitivamente vender a chácara, só o que vê é morte, a morte da sua história, da casa, a morte de cada um. é madrugada. está embrulhado, cobertor e edredom. a cama se acopla ao seu corpo como se os dois fossem um só. tem as costas doloridas. dorme e as paredes do quarto são testemunhas. as pálpebras estremecem. não, talvez ele não tenha pregado os olhos um minuto sequer como o seu pai em outro tempo sobre a geada debaixo dos pés: não demora a derreter. antes das nove da manhã a fina camada branca desaparece, mas não basta vestir pulôver, japona, ligar a estufa embutida na parede, nem que venham logo as próximas estações, o frio não se desmancha, nascemos e o gelo já se infiltrou no sangue, nos relevos da mente a manhã avança sem o dia clarear. cruzo o muro de pedras do hospital e subo a rua. avanço pela pracinha cortada ao meio para facilitar a passagem dos carros. olho de longe o busto do Barão do Serro Azul. às costas dele, em estilo romano, está a floricultura fechada. em frente, o prédio da Divisão Estadual de Narcóticos. no meio de tudo isso, a velha barbearia do seu Paulo. entro: bom dia. sem meias, ainda molhados e gelados dentro dos tênis, coloco os pés no apoio de ferro da cadeira. a bolha que a fricção do caminhar fez no calcanhar lateja. o joelho dói. sinto-me feito de algum material derretido, pesado e imprestável. o consumo excessivo de álcool da noite anterior ainda lesiona o meu cérebro. sentado na cadeira do meio, descanso as pernas que parecem sacos de batata mole. sensação de estar uma eternidade neste lugar, mas faz anos que não venho aqui. no passado, uma vez por mês o pai nos traz, aos sábados. saímos com ele pela manhã para ver amigos, ir ao mecânico, buscar alguma encomenda. mais ou menos onze horas, dirige-nos à barbearia e: pode cortar bem baixinho. exatamente como no dia em que meu pai nos traz para ficarmos de acordo com a ocasião do casamento de alguém que não lembro, o primeiro em que vou na vida. nesse dia mesmo, um pouco antes da cerimônia oficial, nos fundos da igreja, é o meu casamento com Manoela. eu e os primos vestimos camisas com babado e gravata borboleta. roupas confeccionados por Dona Zilá, a costureira. Manoela vem em meu quarto, com vestido amarelo, laço nas costas. os cabelos, o frescor do condicionador que acaba de usar no banho. daí minha mãe: o que é isso, Mana, vai de Botas Sete Léguas na festa? olho para seus pés e lá estão, azuis, rudes, contrastando com a delicadeza do vestido: meu sapato estava me matando, dona Gica. eu, que há horas venho brigando com minha mãe por causa do par envernizado que mastiga meus pés, corro colocar também galochas. quer saber? desisto de você, se quer ir mal vestido, vá, lavo as mãos. e eu, cúmplice da Mana naquele crime de etiqueta, num tom brincalhão, exibindo-me um pouco, sorrindo: sou o gato de botas. não nos importa se minha mãe já sai puta da vida em direção ao quarto dela praguejando: melhor eu ir ver seu pai, do jeito que vocês são, é bem capaz dele querer ir de botas também, aí é que todo mundo vai mesmo ter motivo para dizer que esses Brennelli são um bando de jacus. tenho 12 anos, Manoela, 11. a gente está achando a cerimônia do casamento muito chata. vamos para o jardim atrás da igreja. ela olha os meus pés, daí dá um chutezinho leve nas botas. erguemos os olhos e eles querem falar algo muito íntimo. ela parece um anjo, de vez em quando nossos rostos sorriem sem nos darmos conta que estamos um pouco sendo desfigurados. naquela época ainda somos bonitos e meu rosto sorri para sua boca, que vem e me dá um beijo na bochecha. frente a frente, mastigamos nossos dentes de leite: aceita casar comigo? ela fica um pouco de perfil, olha de viés para mim. é a hora do lusco-fusco e ela se destaca na tarde cinzenta feito um girassol. os sinos da igreja começam a ir para lá e para cá com seu blem-blém. por baixo desse som condutor de milagres e glórias, vem enfim sua voz clara feito um copo de água: aceito. assim nós, ingênuas crianças, casamos. e eis onde estou, novamente neste tabuleiro de lajotas preto e branco, sob a navalha bem afiada do barbeiro, assistindo a tudo pelo enorme espelho inclinado nas minhas costas. o mesmo calendário na parede, o quadrinho com a imagem de Nossa Senhora, as revistas Playboy exaustivamente folheadas por clientes em espera e a televisãozinha ligada num desses programas sensacionalistas com um sujeito berrando e dando tapas na mesa exigindo mais respeito, chamando o mundo todo de vagabundo, chorando em nome de crianças pobres, fazendo o seu teatro e arrecadando mais votos para sua campanha de deputado. criança, sempre corto o cabelo neste lugar porque meu pai e o barbeiro de Santa Felicidade são desafetos. numa manhã, meu pai esmurra a cara dele numa briga no armazém do Dino. o cachorro do armazém que vive debaixo do balcão aos pés do Dino avança contra a dupla, late, tenta morder se aproximando e recuando. das carnes secas penduradas, às pilhas e bolachas nas prateleiras, tudo cai, aumentando a confusão no estabelecimento. é de manhã, ninguém tem a desculpa de estar bêbado. sou uma criança ainda, mas olho para o coitado do barbeiro e só vejo um italianinho raquítico, com os braços e as pernas mais finas e fracas que um galho podre. meu pai é bem mais forte, mas está longe de ser uma pessoa violenta ou injusta. todas as versões que escuto sobre a briga sempre dizem que a culpa foi do barbeiro e que meu pai só se defendeu. posso vê-lo agora, sem muita nitidez, já fraquinho, sentado na poltrona em frente da televisão, sem ânimo, triste. uma noite, me contam, sente dores terríveis, contrai o corpo todo, depois relaxa dando um suspiro com pouco ar e fica quieto quieto quieto para sempre, o meu pai. cabeça e barba feitas, sinto-me nu. seu Paulo tira o guarda-pó de cima de mim e já estou levantando. minhas frieiras ardem dentro dos tênis úmidos. com duas notas de dez, pago o corte, máquina em cima e barba feita. me despeço: tenha um bom dia. saio da barbearia

Mana me espera na calçada. só de chinelos e camisola. são por demais finos e sem cor os seus cabelos. a pele, muito branca. nos olhos, dias nublados. o nariz, dois pequenos furos num osso frágil. na boca que ri para mim, sangue endurecido. do que está rindo? você ainda está com o crachá do hospital. tiro o crachá e penduro no telefone do orelhão em frente. no ar, um metálico falsete de silêncio. olho para ela e vejo uma estranha com uma expressão apagada, sem luz. seus olhos querem dizer algo, mas não dizem. numa velocidade estonteante, anoitece. e a avenida Batel enormemente iluminada com letreiros néon, coloridos. gente gente e gente. os táxis chegam e partem. estamos na Pracinha do Batel e eu quero roubar a loja de flores para dar a você um buquê. alguém diz que vai chamar a polícia. limpo a baba na manga do pulôver, um monte de cabelinho de lã na minha língua. você, só de camisola, treme de frio. tiro o pulôver e dou para você, ajudando você a vesti-lo. às nossas costas a fileira de casas noturnas temáticas, parques de diversões cheios de luzes que funcionam de segunda a segunda, com marcas de bebida estampadas nas fachadas e os vultos do Valet Park embrulhados por japonas verdes pulando de um carro para outro, assim como os dos seguranças vestindo ternos pretos nas portas dos estabelecimentos. são bares ao estilo russo, irlandês, americano, mexicano, botequim carioca, restaurantes de comida japonesa, boates de música eletrônica, enormes hamburguerias. há uma gigante lombriga laranja de táxis. e os guardadores fazendo a festa, pois todas as vagas ainda estão ocupadas nas duas margens da avenida. entre uma boate e outra, um bar e outro, despontam antigas casas de uma Batel aristocrática dos séculos passados, resistentes ao tempo, dividindo espaço com algumas lojas de motos e carros importados. e os colégios Rio Branco, Dom Pedro e Marista. frenética, a Batel se estende até lá em baixo, passando agora por biroscas mais vagabundas até chegar no McDonald's. há alguns anos trabalhei na região, na cozinha da churrascaria Fogo de Chão. fiz muitas vezes, a pé, de madrugada, o caminho de volta para o centro. da barbearia, na névoa da manhã, seguimos pela calçada de granito. cada passo sem sentido é o sentido do próximo. sinto uma dor sutil, o eterno desconforto no joelho direito. passo pela frente do Shopping Pátio Batel. estou descalço agora, o chão e o ar gelados, úmidos. esta é uma rua do mundo em que não se respira bem. não, não estou descalço, os tênis é que estão congelando meus pés. meu corpo não é doente e minhas roupas são boas ainda. uma enxaqueca me entra feito uma agulha de tricô. com o desejo de que Mana estivesse comigo, desço a Batel. é sábado e a avenida parece ainda mais limpa do que de costume. não há sacos de lixo na calçada, cachorros, nem mendigos. acelero o passo, logo estou nas imediações do Castelinho. o cheiro ruim volta, uma ponta de enjoo e a paranoia de estar sendo seguido de novo pelo Gigante. tenho as pernas dormentes, mas acelero o passo, não olho para trás, o joelho cada vez pior e uma dor confusa noutras partes não claramente identificáveis do corpo. agora andamos um ao lado do outro, não trocamos palavras nem olhares. seguimos até o Shopping Crystal, passamos pelos fundos, há uma montanha de sacos lixo do shopping, o ar fede. você tampa o nariz. ratos. eles não parecem nem um pouco incomodados com a nossa presença. entre eles uma gordona, uma ratazana enorme, cinza, pelo grosso. os ratos querem nos atacar, sussurro. a gente sai correndo pela Comendador na direção do centro. estão vindo atrás da gente? não olha para trás, só corre, estão nos alcançando. a gente corre até a Praça Osório, completamente deserta. eu digo: quando eu me for. psiu. você faz psiu e coloca o dedo nos meus lábios. continuo: promete, quando eu morrer, promete, que você paga pelo serviço funerário? e você: para de drama. eu falo que tenho medo de morrer e que sofro de uma insônia de olhos tão abertos que flertam com a morte. Mana, não tenho quem faça isso por mim, se você não cuidar de mim, eles vão me jogar aos ratos. e ela: não vamos pensar nessas coisas. prometa, por favor, é sério, não deixe que me deem aos ratos. então centenas de morcegos voam entre as árvores e o frio não é sequer uma espécie de nostalgia. o sujeito do cachorro quente da Comendador Araújo não está na rua. o asfalto não tem fome

a cidade ainda está vazia, exceção é este enorme homem, pele e osso, estirado na calçada. pode ser que esteja morto. sensação de que já vi o homem antes. perto dele, o ar é fétido. não posso olhar em seus olhos, minha culpa espelhada neles. ele nada pede, mas procuro moedas nos bolsos para lhe dar. não encontro nada para suas mãos feridas suspensas no ar. penso em avisar alguém. ninguém por perto. vivos, jamais nos misturaremos ao vento. não posso ajudá-lo. logo virá o fedor no ar e o ar ficará insuportável. tampo o nariz. os ratos me acompanham, entre eles a gorda ratazana. estamos desde sempre misturados ao tresvario desses animais indestrutíveis. pode ser que haja ratos do tamanho de homens. é tão tarde já ou ainda é de manhã, já não sei. foi a madrugada que me arrastou até aqui. caminhei tanto e sinto como se nunca tivesse mudado de lugar. a cabeça pesa, maciça. ratos, aqui estou eu, vocês não valem por minha memória. as calçadas agora começam a ser povoadas novamente, poucos guarda-chuvas bailam sob uma líquida música, a lâmina sem corte dos pingos. na rua, já vão pneus, buzinas, sinais sendo furados. me vejo cada vez mais fatigado, como que levado por uma lassidão dolorosa, num escorrer que me faz mole, pegajoso no contato com o chão. desço a rua pelo caminho dos cegos – todos somos cegos no caminho. atravesso a Visconde de Nácar e quase sou tragado pela diagonal que me levaria diretamente ao Amarelinho, onde, entre a miséria de suas mesas de sinuca no andar de cima, com seu forró e seu sertanejo universitário sendo cuspidos da capenga jukebox, um tempo em que o Coruja, além de trabalhar lá, morava num quartinho nos fundos e fazia a alegria dos viciados. já morri e ressuscitei no passado tantas vezes, em verões cheios de moscas, em invernos de lajotas encardidas, excessos de luzes deixando o interior do bar tão claro como uma farmácia, as geladeiras da marca da cerveja patrocinadora do lugar e as enormes faixas com as modelos gostosas da publicidade com seus shortinhos segurando bolas de futebol e sorrindo para o público. há bastante tempo evito lugares como este. e agora quero que Mana se afaste logo de mim, não suporto mais o seu cheiro de doente. não estou triste nem não estou triste. sigo com a chuva ainda lambendo de levezinho a minha cara. entro pela Praça Osório, onde está o portalzinho de alumínio com o banner, cujo design vem no formato do olho do museu desenhado por Niemeyer, da Feira do Pinhão, trazendo grande o símbolo da prefeitura e os dizeres da publicidade *Curitiba, a cidade da gente.* cruzo as barraquinhas verdes, amarelas, azuis, vermelhas, todas fechadas e formando uma passarela no meio das grandes folhas das árvores da praça e do cheiro de ramos molhados e raízes nodosas nos canteiros com plaquinhas de é proibido pisar. no chafariz, não estão nem o cisne nem as cinco sereias de cabelos curtinhos ou presos em penteados mais ou menos apressados com suas bisnagas abraçadas ao peito soltando água para cima, só há a piscina redonda e vazia, com a taça que ampararia o cisne também vazia. nenhum movimento, estranhamente não estão ali. num minuto, estou entrando no chafariz, mergulhando à procura das sereias e da ave. todos os monstros, mesmo os da beleza, de algum modo suplicam: me acalenta. mas estes não, estes não. afugento a ideia do mergulho e então me dirijo para o lado esquerdo da praça. passo pela frente dos banheiros e contorno por fora a quadra de esportes. sigo, alcanço a altura da portaria do Edifício Tijucas no Largo Ermelino de Leão, passo pelas portas de aço das Lojas Americanas ainda abaixadas e pela Pizzaria Itália e então estou na frente da portaria do meu prédio

está sendo comido pela umidade. então
dorme. não dorme. dorme

só a chuva me escuta. nem mesmo sei se vou conseguir chegar até a porta do meu apartamento. o comércio estava abrindo há pouco e agora está sendo fechado outra vez. não tenho mais forças, não tenho mais forças. a chuva vem de cima e por baixo, a chuva chega pelos lados, por trás, pela frente. aqui tudo é a chuva que é o outro nome do afogamento. minhas bochechas, lábios, queixo, meu nariz vão sendo devorados pelo sono. qualquer lampejo de ira que eu pudesse apresentar perde para a exaustão. faleço agora. ou julgo ter adormecido mas continuo acordado e extenuado. não paro de olhar determinadas e difusas imagens eternamente escoando lá no fundo do tempo. tranquilo. subo, entro no apartamento, um freezer. acendo a luz, largo o saco de pães que comprei não sei onde na mesa de toalha florida. dispo-me da japona, passo a mão no excesso de água da cabeça, enxugo na calça. escuto uma voz assim: tranquilo. e a temperatura baixando cada vez mais. demoro até me decidir mover da cama, meus membros trincam como gelo. de repente, tudo desaparece. a chuva lava a cidade, minha memória afogada. tudo o que tenho são borrões de rostos que acreditei ter visto dias seguidos. uma forte bofetada mental me devolve ao mais profundo de mim mesmo. estou me mexendo dentro do sono. súbito, tudo volta a aparecer. tremendo, chego novamente ao meu velho quarto. como serei capaz, até o fim, de tantas representações mentais? como ainda pode ser nítida a imagem que tenho do mundo? a riqueza do que vai morrer em mim é absolutamente prodigiosa. não tenho do que me envergonhar. tentei. o frio não está só no ar, está nas paredes, o frio está no chão, o frio está na minha pele. não sei o que estou aprendendo. nem mesmo os mortos são imortais. a infância também é um lugar onde o frio é uma época em que em casa temos pouca luz e eu tremo de medo, a mãe vem e as lâmpadas são os olhos dela. dormimos com as portas dos quartos abertas, damos boa noite sob a chama da vela em frente à santa na sala, a luz invade o corredor. sim, retorno. estou retornando porque tudo retorna. mas agora é a completa ausência de sol, a umidade aumenta, chove mais no ar molhado. meu corpo da infância começa a desmanchar membro a membro, então os órgãos, os tecidos, o esqueleto, minha criança vai se liquefazendo. arquejante, minha criança chama pelos transeuntes, não há alvéolos capazes de impulsionar o que fala, não há boca que saiba a direção do som no ar, cada célula de cada parte de mim se desfaz na neblina. memória... tudo deseja voltar para tão lá atrás que só pode ser feito assim, com a consciência de se embarcar numa viagem absolutamente inviável. vou esquecer, nunca um minuto vem depois do outro. passando é que permanecemos, apenas. ainda assim, *ritornare ancora*. olho para o cachorro, ele não precisa dizer, sei que lá também são todos infelizes. uma negra chuva despenca, estamos longe do centro e da sua ferocidade de asfalto e dos cubículos cheios de alergia e constipação, longe de onde a torrente cai incomodando o trânsito, atravancando os negócios dos homens de ação. a chuva, líquida batucada. a mãe... o lugar insiste em ser o mesmo... a mãe dando banho em mim criança, a mãe, suas mãos de água que envelhecem 30 anos e não voltarão ao normal. um de nós tosse e o termômetro todo é a casa da chácara. esperamos, esperamos porque ninguém desistiu enquanto foi tempo. Elza molha as plantas cantarolando *cheguei na beira do porto / onde as ondas se espáia / a tua saudade corta / feito aço de naváia.* tia Ruth veste camisola, roupão de flanela e calça pantufas. uma ambulância não passa ao longe abafada pela chuva. tomamos o chá, antídoto contra a gripe e: estão bem trancadas? conferimos portas, janelas. e se a noite contém musgos, os olhos cansados de minha mãe também. minha mãe grudada no lado de dentro das pálpebras

Luiz Felipe Leprevost nasceu em 21/03/1979, Curitiba - PR, onde vive. É formado em artes cênicas pela CAL (Casa de artes de Laranjeiras – RJ). Publicou *Ode mundana* (2006), *Inverno dentro dos tímpanos* (2008), *Barras antipânico e barrinha de cereal* (2009), *Manual de putz sem pesares* (2011) e *Salvar os pássaros* (2013). Como dramaturgo, teve encenadas as peças *Hieronymus nas masmorras*, *O butô do Mick Jagger*, *Na verdade não era*, entre outras.